의자,
길을 묻다

의자, 길을 묻다
박호선 수필집

초 판 발 행 | 2023년 12월 15일
인 쇄 발 행 | 2023년 12월 20일

지 은 이 | 박호선
펴 낸 이 | 배재경
펴 낸 곳 | 도서출판 작가마을
등   록 | 제 2002-000012호
주   소 | 부산광역시 중구 대청로141번길 3, 501호(중앙동, 다온빌딩)
              서울시 도봉구 도당로 82(방학1동, 방학사진관 3층)
              전화051)248-4145, 2598 팩스051)248-0723
              전자우편seepoet@hanmail.net

ISBN 979-11-5606-248-6 3810   정가 15,000원

※ 본 도서는 2023년 부산광역시, 부산문화재단 '부산문화예술지원사업'으로 지원을 받았습니다.

의자,
길을 묻다

박호선
수필집

도서출판
작가마을

언젠가부터 발길이 자꾸만 바다로 향했다. 시간의 틈을 놓칠세라 남쪽으로 내달렸다. 해안가 산에 올라 무수한 섬들을 내려다보았다. 푸른 등을 보이며 바다에 잠겨있는 알들 같았다. 배를 타고 둥근 알과 기다란 알 사이를 지났다. 섬에서 먹고, 자고, 그곳 사람들과 어울렸다. 어선을 타고 해산물을 잡으며 마치 탯줄 달린 태아처럼 먼 바다로 나갔다가 다시 섬으로 돌아왔다.

온종일 어선을 탄 날 밤에는 자리를 펴고 누워도 바다 위에 떠 있는 것 같았다. 문득 떠 있는 존재들이 가슴으로 다가왔다. 밤새 흔들리며 뒤척였다. 그러다가 알섬을 만났다. 한때 사람들이 살았지만, 지금은 빈 섬이다. 쓸쓸하면서도 아름다웠다. 누군가를 품었던 자리에 바람이 불었다.

바람처럼 떠났다가 돌아오곤 하는 나를 남편은 응원해주었다. 때로는 동행자가 되기도 했다. 가족은 언제나 나를 기다려 주는 의자다. 그 믿음직한 의자들이 있기에 수시로 떠날 수 있었나 보다.

한때는 새파랗게 날이 선 것들도 한세월 세파에 흔들리고 나면 낮아지고 둥글어진다. 모두 의자를 닮아가는 모양새다. 나도 인생의 담벼락 밑에 무심히 놓여있는 허름한 의자가 되어가고 있다. 그 의자에 산허리를 휘돌고, 섬 사이를 누빈 바람이 그새 그리움 한 자락 슬쩍 내려놓고 사라지고 있다.

2023년, 섬, 여행 중에서.

차례

1

바다가 점점 오염되고 있다.
바다도 어부도 자심히 몸살을 앓을 것이다.
내가 추구하는 문장 속에도
잡다한 쓰레기가 쌓였을 테지만,
좀처럼 명쾌한 답을 찾지 못한다.
대어를 기대하는 건 아니지만
푼푼한 단어들을 낚고 싶다.

부표의 귀띔

　가오치 선착장에서 사량도 가는 여객선을 탔다. 여객선은 뱃머리를 돌리며 하얀 물결과 함께 잽싸게 달려갔다. 사량도는 내가 세파에 흔들려 마음 둘 곳이 없을 때마다 자주 찾는 곳이었다. 40분 동안 푸른 뱃길을 달려가면 사량도는 언제나 변함없이 그곳에서 기다려주었다. 마치 나를 안고 달래주는 푸른 요람 같았다.

　금평리에 도착하여 사량도 명산인 옥녀봉에 올랐다. 크고 작은 섬들이 녹색 옷을 입고 푸른 바다를 사방으로 에워싸고 있었다. 바다는 푸른색을 즐겨 쓰는 어느 화공이 이야기보따리를 풀어놓은 것 같았다. 고요가 숨 쉬는 수하식 양식장을 바라보고 있을 때, 사량대교 아래로 급물살을 헤쳐 나가는 고기잡이배 한 척이 보였다. 나도 모르게 시선이 그 배를 쫓아 갔다.

산골 마을에서 자란 나는 스무 살이 넘도록 바다를 본 적이 없었다. 배도 사십 가까이 되어서 울릉도 가는 여객선을 탄 것이 처음이었다. 파도를 가르며 나아가는 경험은 신선하고도 짜릿했다. 그 뒤부터 배를 타고 섬 여행을 즐겼다. 제주도, 대마도, 한산도, 흑산도, 홍도 등, 여러 섬을 탐방했다. 그러나 한 번도 고기잡이배를 탄 적은 없었다.

사량도에 집이 있는 친구에게 어떻게 하면 고기잡이배를 타볼 수 있겠느냐며 진지하게 청을 넣었다. 친구는 간절함과 호기심이 가득 찬 내 눈빛을 마다하지 못해 고기잡이배 선주 한 분을 소개해 주었다. "예전부터 여자는 배에 태워주지 않았다."라며 마을 사람들이 수군거렸다. 요즘은 그 인식이 좀 나아졌다고는 하지만 외지에서 온 여자라 더 어려울 거라는 생각이 들었다. 그러나 마음씨 좋은 선주는 친구 청을 흔쾌히 허락해 주었다. 그렇게 나는 고기잡이배 '동성호'에 오를 수 있었다.

비 오는 날 아침, 눅눅한 비바람 속으로 뱃전을 핥는 파도 소리가 나지막하게 들렸다. 배에 시동이 켜지자, 엔진이 통통거렸다. 동성호는 바다를 향해 주저 없이 달려갔다. 물길 따라 바닷물이 배에 부딪히며 하얀 물거품을 이루다가 부서졌다. 비릿한 바다 냄새가 물씬 풍겼다. 배는 여기저기 떠 있는 부표 사이를 달려갔다. 문득 이 고기잡이배는 주소도 없이 어디로 가는 것일까? 하는 의문이 들었다.

주위에 떠 있는 부표는 모양이 제각각이었다. 색깔도 서로 달랐다. 그런데 자세히 보니 그것들은 저마다 다른 표시가 되어 있었다. 13이나 46 같은 숫자와 SOS나 TU 같은 영문자도 보였다. 아마도 어업 영역을 표시하는 것 같았다. 그러고 보니 그들은 주인이 제자리를 찾아올 수 있도록 소리 없이 귀띔하는 것처럼 보였다.

동성호 부표는 어디에 있는 것일까. 배는 두어 시간이 넘도록 바다를 내달렸다. 갑자기 스크루 물거품이 솟았다. 그러자 배가 점점 속도를 줄였다. 저만치 하트모양 부표가 물살에 흔들리며 '나 여기 있어요.'하고 주인을 불러들였다. 배가 멈추자, 선주는 영역이 표시된 부표를 건져 올렸다. 새끼손가락 굵기의 밧줄이 달려 올라왔다. 부표는 밧줄로 몸이 묶인 채 밤새 파도에 흔들리면서도 제자리를 지키려고 애썼을 것이다. 동성호가 다시 자신을 찾아올 때까지.

밧줄을 끌어 올리자, 바닷속에 잠겨있던 어망들이 모습을 드러냈다. 선주가 기다리던 붕장어는 몇 차례 잡어가 들어있는 어망이 나온 후에야 모습을 나타냈다. 파닥거리며 나타난 잿빛과 갈색빛을 띤 붕장어 몇 마리를 보고서야 선주의 구릿빛 얼굴에 살짝 입꼬리가 올라갔다.

한 곳에는 대략 서른 개 어망이 듬성듬성 엮여있었으며 애써 건져 올렸으나 비어 있거나 온갖 해초가 들어있는 어망도 있었다. 또 다른 어망에는 소라, 고동, 붕장어가 함께 들어있기도 했다. 그것들은 종류별로 분류되어 각각 물통에 담겼다. 어린 물고기들은 바다로 되살려 주었다. 나는 줄줄이 올라오는 통발에 든 어획물을 보며 바다가 진귀한 보물로 가득 채워진 창고 같다는 생각이 들었다.

동성호 선원은 아버지와 아들이 전부였다. 좁은 배 안에서 부자간은 말이 없었다. 비바람을 막아주는 천장 아래로 어망을 끌어 올리고 내리는 일을 기계적으로 반복할 뿐이었다. 붕장어가 줄줄이 잡힐 때면 한결 손길이 가벼워 보였다. 겉으로는 말이 없어 보이지만, 통발에 걸려 나온 토실토실한 붕장어가 담긴 어망을 바라보는 시선은 함께 흐뭇해하는 모습이었다.

미리 던져놓은 통발에 붕장어가 얼마만큼 들어 있는지는 아무도 모르는 일이었다. 수수께끼 같은 작업인 셈이다. 어쩌면 복권 추첨과도 같은 게 아닐까도 싶었다. 올라올 때마다 기쁨과 실망이 소리 없이 교차했다. 통발에는 그들의 희로애락이 담겨있었다.

체격이 크고 아버지를 닮아 눈빛이 선한 아들은 섬을 떠나 육지에서 직장을 다녔다고 했다. 누구에게나 타지생활이 어려운 것처럼 그에게도 세상은 녹록지 않았던 모양이었다. 그는 인생의 파도가 치는 그곳에서 아버지라는 부표를 발견했는지도 모르겠다. 고향으로 돌아온 아들은 아버지와 함께 동성호를 타고 매일 그 귀띔에 귀 기울이며 바다 일을 배우고 있었다.

　어획작업이 끝난 물때 묻은 어망을 자동 물 분사기로 씻었다. 밑바닥에서 묻은 진흙이 거센 물살에 떨어져 나갔다. 띄엄띄엄 어망의 무게를 지탱할 수 있는 돌을 달아 스티로폼과 함께 바닷물 아래로 던져 넣었다. 돌은 수심 20m 아래로 사라지고 바다 위에는 또다시 하트 모양의 부표가 둥실 떴다. 왠지 든든해 보였다.

　시퍼런 물살을 가르며 작은 밧줄을 끌어안고 산 세월이 사십 년이라고 했다. 사량도 인근 바다에는 밧줄이 핏줄처럼 이어져 있었다. 그 가느다란 밧줄을 끌어당기고 풀어주는 동안 얼키설키 엉키어 낡고 닳은 이음새가 보였다. 오랜 고난의 세월이었음을 밧줄이 대변해주고 있었다. 동성호 선주의 삶 속에서 부표는 결코 잃어버려서는 안 될 희망이었지 싶다. 너울이 치고 태풍이 불어도 다시 부표를 찾아서 배를 띄웠을 것이다. 부모를 봉양하고 자식들 책가방 끈을 잇고, 조금씩 살림도 늘려갔을 것이다. 그가 마지막 통발을 던지고 허리를 폈다. 거친 갯바람과 따가운 햇볕에 그을린 얼굴에 미소가 잔잔한 물결처럼 퍼져나갔다.

저 멀리 부표처럼 작은 집 한 채가 바다 위에 떠 있었다. 어부들을 위하여 통영시에서 설치해 놓은 '바다 화장실'이었다. 선주는 바다 한가운데서 초조해하는 나를 보고 "저기 가서 볼일 보세요" 하며 눈으로 말해주었다.

만선을 기약하며 돌아오는 길, 동성호가 이번에는 사량도를 향해 달렸다. 저 멀리 사량도가 여전히 푸른 바다 위에 떠 있었다. 파도에 쉼 없이 흔들리면서도 언제나 제자리를 지키고 있는 사량도가 문득 커다란 녹색 부표처럼 보였다.

'사량도'라는 또 다른 표적이 내 가슴에 떠올랐다. 그 아름다운 부표가 내게 살며시 말했다. 살다가 행여 길을 잃거든 언제든지 나를 찾아오라고.

가슴으로 잔잔한 물결이 지나갔다. 순간 추억이라는 돌을 단, 흔들리면서도 절대 흔들리지 않는 부표 하나가 가슴 깊이 내려졌다. 나는 그 녹색 부표를 오랫동안 바라보았다.

섬캉스

바닷물이 남실거린다. 맑고 깨끗한 청정지역에서 나오는 자연산 해산물이 인기를 끈다. 횟감은 금방 채취해서 그런지 싱싱하다. 아담한 섬마을에 횟집 점포들이 늘어서 있고 살림집은 다문다문 있다.

언덕에 올라서면 바닷가 마을이 한눈에 내려다보인다. 청신한 공기는 꽃향기처럼 기분을 상쾌하게 한다. 조용한 아침나절부터 까치 서너 마리가 창공으로 솟아오른다. 오늘따라 깍깍거리며 까치가 날아간다.

돌담 너머에 팽나무 거목 두 그루가 있다. 마치 내 마음속에 우람한 버팀목으로 자리 잡고 서 있는 할아버지 같다. 할아버지보다 더 나이를 먹은 듯 울퉁불퉁한 근육이 불거져 나온 고목은 언제 보아도 믿음직하다. 할아버지가 상투를 틀고 수염을 쓸어내리며 웃고 계신다. 흐트러짐 없는 명주옷 매무새는 선비 모습 그대로다. 산골 마을에서 언제나 책을 가까이하셨던 모습이 선하다. 나의 첫 스승은 할아버지다. 등잔불 밑에서 천자문을 가르쳐 주셨지만, 도중 하차한 후회가 밀물처럼 밀려온다. 이곳에서 한 달간 책을 읽으며 태만에서 벗어나 지나간 아쉬움을 채우려한다.

팽나무는 가지 끝에 젖버듬히 까치집을 두 군데나 달고 있다. 늘 까치집을 눈여겨보았지만, 비어 있는 날이 많다. 내가 도시에 집을 두고 여기에 와 있는 것처럼 까치도 먼 곳으로 휴가를 갔는지 며칠이 지나도 보이지 않는다. 벌거숭이 겨울나무에 올라앉은 까치집은 한 채는 단단하고 한 채는 허술하다. 까치들은 집을 비워두고 어디를 가곤 하는걸까. 바람에 흔들리는 작은 둥지가 위태로워 보인다.

까치집은 하늘이 지붕이다. 하늘 아래 지붕 없는 집이 그리 많을까. 얼마나 자연에 순응해야 하늘을 지붕 삼아 살 수 있는 걸까. 까치집 위 맑은 하늘은 짙은 청색을 띤다. 툭 치면 푸른 물방울이 떨어질 것 같다. 서서히 해는 서쪽으로 기울고 뱃고동 소리가 막배를 알린다.

이웃에는 인기척도 없다. 늦은 밤 뒷간을 가려면 와락 무서운 기운이 든다. 때로는 허허로운 벌판에 홀로 남은 듯 적막감이 들기도 하지만, 점점 어둠에도 익숙해지고 발걸음 짐작으로 뒷간을 가는 것도 가능해진다.

모두가 잠이든 듯, 고요 속에 달려드는 파도 소리만 가 담가담 들려 올 뿐 조용한 밤이다. 달 없는 밤하늘에 별빛 이 드문드문 반짝인다.

대구잡이가 한창이다. 내지 항 주변에는 커다란 대구가 아가미를 벌리고 빨랫줄에 줄줄이 꿰어져 있다. 이 부근에 서 잡히는 고기들은 종류가 다양하다. 회 한 접시와 신선 한 활어를 구매하여 매운탕을 끓인다. 혼자 먹자니 가족들 얼굴이 눈앞에 아른거린다.

'들꽃은 자기 자신으로 사는 기쁨과 행복을 온전히 느낀 다.'고 누군가 말했듯이 오롯이 나만을 위한 시간을 갖는 다. 책을 읽고, 사색을 즐기는 요즘이 나에게는 화양연화 다. 더구나 이렇게 아름다운 섬에서.

잘 닦아진 길 위로 땀을 뻘뻘 흘리며 자전거를 탄다. 자 전거길은 오르락내리락 섬을 한 바퀴 돌아 해변에 닿는다. 해가 저물도록 맨발로 해변을 걷는다. 파도가 속삭이는 길 을 걷는 것은 또 다른 쉼이다.

거울에 비쳤던 내가 전부가 아닌, 또 다른 나를 본다. 휴 식 시간이 허락되는 천연의 쉼터에 바캉스도 있고, 호캉스 도 있다지만 섬캉스만 하랴. 이곳으로 나를 불러준 친구 얼굴이 푸른 바다에 돛단배처럼 떠서 손을 흔든다.

은빛 물꽃처럼 아름다운 바다를 낀 마을에서 한 달살이 마지막 날 꼬불꼬불 해안도로를 달린다. 바다 위에 반들거리는 물빛이 둥글게 번져간다. 팽나무에서 까치가 날아오르고, 연륙교 아래에서는 뱃고동이 울린다. 또다시 도시로 향한 뱃머리 뒤로 아쉬움인 듯 하얀 물고랑의 꼬리가 길어진다.

바다, 그 막막한 이름

어선에 닻을 올린다. 샛바람이 불어오는 바람길 따라 바다가 열린다. 뱃전에 파도가 찰싹거린다. 이른 아침부터 곳곳에서 가물가물 작은 배가 움직이기 시작한다.

사량도에서 한 달살이 하는 동안 단골횟집 선주를 만나 자망어업 하는 고기잡이배를 타고 바다로 나간다. 선주는 고깃배에 기대어 그물추기에 촉각을 세운다. 그가 잡은 물고기가 횟집 수족관을 가득 채운다. 너울 횟집 수족관에 있는 해산물은 몸값을 자랑하며 꼬리를 마구 흔들어댄다.

간혹 바닷속을 엿보았지만, 겉모습만 보았을 뿐 심오한 그 속을 알지 못했다. 성명호는 사량도 해면으로 물거품을 일으키며 달려간다. 괭이갈매기 몇 마리가 따라온다. 이들도 날개를 퍼덕이더니, 물보라를 일으킨다. 어디로 가는 걸까. 그들도 꿈의 날개를 펼치려나.

선주는 사량도 앞바다에서 사계절 깃발을 내세워 물 위에서 가쁜 숨을 몰아쉰다. 한바다에 이르자, 미리 바다에 세워 놓은 깃발이 선주의 손길을 반긴다. 그는 어부의 아들로 태어나 철들기 전부터 흔들리는 갑판 위에서 그물을 펼치고 거둬들이는 걸 배웠다. 거친 풍랑 속에서도 자망어업을 천직으로 여긴다. 도리어 수많은 시련을 겪고도 바다에 섰을 때가 가장 행복하다고 말한다. 배 위에 서 있는 그가 척박한 삶 한가운데 서서 마치 가족을 바라보고 서 있는 깃발 같다. 사십 년이 지나도록 가족을 건사하고, 고향을 지키는 든든한 지킴이로 산다.

깃발을 단 간짓대를 배에 싣고간다. 삼각형 깃발에는 '성명호'라는 이름과 연락처가 적혀있다. 다시 찾아오라는 그 간짓대를 바닷물에 던져 넣고 그물을 슬슬 풀어놓는다. 미리 넣은 이름표를 건져 올리고 다시 칠십 미터 그물을 넣는다. 바다 위에 깃발은 선주에게 길잡이가 된다.

그물코에 도다리 여러 마리가 걸려나온다. 차가운 겨울을 건너온 봄 도다리는 파득 파드득 몸부림을 치며 바둥거린다. 하염없는 물놀이에 길을 잃고 덫에 걸려 자유를 잃은 아가미로 푹푹 한숨을 쉰다. 수면으로 올라온 물고기를 맞이하는 내 손이 바빠진다. 그가 익숙한 솜씨로 그물을 슬슬 당겨서 풀어내며 잡힌 도다리를 자세히 살펴본다. 바닷물을 벗어나 뭍으로 나온 도다리가 막막한 심정으로 입을 오므렸다 벌렸다 하는 모습은 '놈놈놈놈' 하며 옆눈으로 선주를 흘겨본다. 한 생의 마지막 날, 도다리의 기울어진 눈에서 고통스러움이 느껴진다. 도다리의 한숨 소리가 바다에 노을빛 물결처럼 퍼진다. 얼떨결에 따라온 소라도 작은 돌섬처럼 부동자세다.

이번에 잡힌 갑오징어가 울분을 삭이지 못하고 바둥거린다. 첫인사부터 심상치 않다. 갑옷을 몸에 지니고 다녔는데도 그물에 걸린 멸치 꼴이 되고 말았으니, 오죽 화가 났을까. 버럭 화부터 내더니 속에 있는 시커먼 먹물을 퍼붓는다. 어쩌다가 그물코에 걸려든 것이 분하고 억울한 모양이다. 선장 얼굴에도 검은 물방울무늬가 새겨지고 옆에 있던 나도 먹물을 뒤집어쓴다. 웃옷이며 운동화도 온통 검은색 물감으로 범벅이 된다. 배 위에서 한바탕 소동이 벌어진다.

종일 바다에 있다고 순조롭게 고기만 잡히는 것은 아니었다. 온갖 찌꺼기, 녹슨 깡통, 플라스틱, 수초 등이 무더기로 걸려 나왔다. 여러 차례 허방을 디딘 것처럼 축 늘어진 그물만 끌어당길 때도 있었다. 바다가 점점 오염되고 있다. 바다도 어부도 자심히 몸살을 앓을 것이다.

내가 추구하는 문장 속에도 잡다한 쓰레기가 쌓였을 테

지만, 좀처럼 명쾌한 답을 찾지 못한다. 대어를 기대하는 것은 아니지만 푼푼한 단어들을 낚고 싶다. 오늘도 글쓰기라는 바다에 뛰어든다. 과연 어떤 단어들이 걸려들까. 내가 던진 그물에는 잔챙이 같은 언어들만 채워져 있다. 수많은 날을 흘려보내고 중년에 글 몸살로 온몸이 들쑤신다. 그물 같은 원고지를 채우며 수필을 쓴다.

그는 바다에서 이름표를 찾고, 나는 문장을 찾는다. 이러니 내 인생은 지루할 틈이 없다. 바다는 물고기처럼 살아 팔딱거리는 수많은 문장을 품고 있는 것이 분명하다. 선장처럼 정성을 다해 삶을 온통 바다에 맡길 때 어망에 빛나는 문장이 걸려들지 싶다. 선주가 스승으로 다가오며 손짓한다. 간짓대 끝에 달린 깃발이 바람에 나부낀다.

막막한 바다에서 나라는 배는 어떤 이름으로 깃발을 달게 될까.

낙지樂地에서 하루

 포구에 묶여있는 고깃배 밧줄을 푼다. 낙지잡이 나갈 채비를 한다. 배를 띄우려면 바람 눈치를 보아야 하고 물때도 맞추어야 한다. 같은 바다지만 지역에 따라 자라는 어종이 다르고, 계절에 따라 잡히는 물고기가 다르다. 육지 땅농사처럼 날씨 영향을 받는다. 빗물이 희석되면 고기가 잘 자란다. 육지와 같이 계절 변화를 물속에서도 알아차린다.

 어장으로 고깃배가 달려간다. 바다라는 땅에서 조업하는 어부들은 다양한 어구로 바다생물을 잡는다. 선주는 어구를 살피고 또 살핀다. 낡은 통발을 굵은 바늘로 거미줄처럼 얼기설기 얽어맨다. 그물망을 꿰매느라 투덜투덜한 어부의 손가락 끝은 지문이 닳아 반들반들하다. 자망어업, 통발 어업, 낚시어업 등 고기를 잡는 방식이 각각 다르다.

어떤 방식이든 기다림이라는 촉수를 세우는 것은 매한가지다.

부표에 무게를 지탱하는 돌로 통발을 묶고 밧줄을 달아 검푸른 물속으로 던져 넣는다. 그들은 무언으로 생물들이 찾아들어 오기를 기다린다. 매듭으로 묶은 밧줄에 낙지잡이 통발 수십 개가 매달려 있다. 미리 넣은 통발에 낙지가 가득하기를 바라는 마음으로 고깃배가 물꽃을 피우며 간다. 거친 파도에 흔들리면서도 부표는 먼저 던져진 통발을 지킨다.

날씨는 맑았지만, 구릿빛 얼굴에는 어두운 그림자가 스친다. 수십 개 빈 통발만 하염없이 끌어당긴다. 바라보는 나도 초조하기는 마찬가지다. 한나절 동안 헛수고만 하는 줄 알았는데 몇 바퀴를 돌고 나서야 겨우 서너 마리만 통발에 들어 온 것을 본다.

"사장님, 통발에 전화해 보시고 오셨으면 허탕 치지는 않았을 것을."

내 말에 사람 좋은 얼굴로 그냥 웃는다. 바다 농사란 늘 예측불허다. 어느 때는 통발끼리 뒤엉켜 출렁이는 물살에 빨려드는 아찔한 순간도 있다. 엉켜있는 매듭을 푸느라 노심초사한다.

바다 땅은 육지와 달리 자기 땅이라는 영역이 제한되어

있지 않지만 어업권이 있는 사람들은 누구나 할 수 있다. 부표를 내세워 통발을 놓으면 그때부터 내 땅이 된다. 어부는 바다에 촉각을 빠뜨린다. 어획량이 많을 때도 있지만 적을 때가 허다하다.

점심시간이 다가온다. 바다에서 쉬는 시간은 오직 점심시간뿐이다. 힘든 조업을 하면서도 간편식을 먹는다. 주로 밥 한 덩이에 라면, 김치 등이 전부일 때도 있지만, 때때로 해산물을 넣는다고 한다. 끓는 떡만둣국에 낙지의 길쭉한 다리부터 넣는다. 꿈틀거리는 몸으로 거친 바다를 건너온, 뼈도 없는 몸에서 나오는 달짝지근한 국물 맛이 기분 전환을 시킨다. 여덟 개 다리와 수많은 빨판을 가진 낙지가 어부들의 기분을 좌우한다.

뱃마루로 멀어져가는 섬들, 바닷바람이 갑판 넘어 물보라를 마구 휘날린다. 어부들에게 바다는 낙지樂地이다. 위험하고 외롭고 고되어도 이 흔들리는 바다 땅만이 어부들을 받아준다. 노력한 만큼, 때로는 그에 미치지 못하는 수확이어도 그들은 자족한다. 어찌 신선이 사는 곳만을 낙지樂地라 하랴. 땀과 눈물이 스민 곳, 끝없이 삶과 희망을 건져 올리는 곳, 수평선 가득 퍼지는 노을을 등지고 집으로 돌아오며 가슴 벅찬 감사를 드리는 곳, 이곳이 그들에게 진정한 낙지樂地가 아니겠는가.

낙지樂池에서 올라온 낙지가 물통을 그득하게 채운다. 바다의 살 내음이 내 가슴 속속들이 차오르는 느낌이다. 간들간들 바람이 불고 고물고물 낙지가 꿈틀거린다. 어부들은 바다라는 은혜로운 낙토에서 희망을 꿈꾼다. 낙천지樂天地에서 하루가 꿈처럼 가고 있다.

기쁨은 나눌수록 커진다

섬으로 간다. 섬 산행은 바다를 바라보는 잔 재미가 있다. 능선길 따라 걷다 보면, 푸른 바다 위를 걷는 느낌이 든다. 가쁜 숨을 몰아쉬며 산등성이에 오르면 옥녀봉이다. 이 산을 오르기 위해 우리는 가오치 선착장에서 귀한 손님을 만난다.

서울, 부산에서 온 사돈끼리 옛친구를 만난 것처럼 반갑게 맞이한다. 함께 여행한다는 건 서로 경계를 허무는 일이다. 사량도 가는 배를 타고 탁 트인 바다 위에서 자연과 하나가 된다.

우리가 탄 배는 하얀 물거품을 일으키며 사량도를 향해 간다. 푸른 물결 위에 떠 있는 햇살처럼 마음이 포근해진다. 서울 쪽에서만 살아온 사돈 부부는 사량도가 처음이다. 고기잡이배를 유심히 바라보며 환호한다. 배들이 분주하게 물꽃을 피우며 양식장 사이를 오간다.

사돈 간 인연은 특별한 사이지 싶다. 상견례 날 잡아놓고 잠을 이루지 못했다. 부산과 서울은 멀다면 먼 거리다. 살아온 환경이 다르니 생활방식에 큰 차이가 날까 염려되었다. 혹 그 차이가 서로의 이해를 가로막을까 걱정도 됐다. 아무래도 딸을 가진 입장 아닌가.

하지만 막상 뵈니 기우라는 걸 알았다. 단아한 모습만큼이나 이해심도 깊었다. 키웠다고 키웠지만 부족함이 많은 딸아이를 너그럽게 받아주셨다. 아들이나 딸이나 자식 가진 심정은 매일반이라며 편히 지내자고 하셨다. 서울과 부산이라는 먼 거리가 부쩍 당겨졌다.

사돈 간은 어렵다면 어려운 사이겠지만 따지고 보면 한없이 가까운 사이가 아니겠는가. 외손주가 태어난 후로는 더 가까워졌다. 손주 보러 갈 때면 종종 만나서 식사도 하며 오손도손 이야기를 나누곤 한다. 가끔 안부 전화도 하는 편이다. 어찌 보면 흔치 않게 가까운 사돈 사이다.

사량도 일주도로를 차량으로 한 바퀴 돌아본다. 다음 목적지는 옥녀봉이다. 우리들은 장거리와 단거리 두 갈래 코스 앞에서 망설인다. 사부인과 나는 단거리를, 밭사돈과 남편은 장거리 코스를 선택한다. 사부인과 첫 산행길이라 조심스럽다. 하지만 천천히 오르면 문제는 없을 거라는 생각이 든다. 올라가는 길은 힘들지라도 정상에 서서 바다를 내려다 보는 짜릿함을 함께 느껴보고 싶어서다.

옥녀봉이다. 바다가 한눈에 들어온다. 작은 섬들이 올망 졸망 초록색으로 물들어 있다. 옥녀봉 출렁다리를 건너가 려 한다. 바람에 출렁출렁 흔들린다. 머리카락이 날려 얼 굴을 가리지만, 또 다른 풍경을 기대하며 산등성에 걸려있 는 출렁다리를 건넌다.

사부인과 나는 번갈아 가며 핸드폰 앞에 선다. 지나가는 사람들이 묻지 않는데도 "우리는 사돈 간이예요." 하고 자 랑한다. 반대편에서 오고 있는 밭사돈에게 옥녀봉과 출렁 다리에서 찍은 사진을 카톡으로 전송한다. 무선을 통해 웃 음 섞인 목소리가 까르르 산등성이에 울려 퍼진다. 사부인 은 처음으로 높은 산을 오른 어린아이처럼 좋아하신다. 반 대편 암벽 위에서 두 팔을 들고 하늘을 날아갈 듯한 밭사 돈의 사진이 카톡에서 웃고 있다. 기쁨은 나눌수록 배가된 다.

우리는 해지기 전 산에서 내려온다. 내리막길은 쉬울 것 같지만 발을 헛디딜 수 있어 더 조심스럽다. 하산 후, 비어 있는 친구네 집에 도착한다. 섬마을 돌담집은 운치가 있 다. 태양은 어느새 바다에 스러진다. 상도와 하도 물길을 밝히는 연륙교 불빛이 반짝인다.

탁 트인 마당에 저녁 상차림을 한다. 오래된 담장 너머로 등대 불빛이 따라온다. 옹기종기 놓인 장독이 도란도란 구수한 이야기를 품어낸다. 장독대를 바라보는 오래된 팽나무 위에 초승달이 한가롭게 걸려있다. 그 틈새로 보이는 달빛 한 조각이 식탁 위에서 눈 안주가 된다. 마당가 식탁에는 바다에서 갓 올라온 참돔, 갑오징어, 멍게, 해산물이 그득하게 차려져 있다. 그 상을 마주하고 우리들은 정상에서 본 아기자기한 풍경 이야기로 꽃이 핀다.

서울과 부산, 서로 다른 문화의 차이가 있을 테지만 배려심이 많은 사돈 내외는 품이 넓다. 모닥불이 사돈과의 돈독한 믿음처럼 활활 타오른다. 칠십 대 중반이지만 물리적인 나이를 내려놓는다. 오늘의 이 행복은 자녀들이 아무 탈 없이 잘 살아주는 덕분이지 싶다.

우리와 사돈 사이에 딸과 사위와 손주가 있어 든든하다. 밤하늘을 올려다보니 별이 총총하다. 밤바다에 떠 있는 검은 섬들도 내려다보인다. 이렇듯 아름다운 풍경은 서로 기쁨을 나누는 빛이 되고 있다.

해골 바위

　수우도에 간다. 도보 여행하는 사람들이 즐겨 가는 장소다. 겨우내 잠에서 깬 봄볕이 등산객을 반긴다. 바다를 낀 마을 뒷길은 가파르지만, 시계방향으로 돌아 오른다. 진달래꽃이 만발하고, 꿩이 짝을 부르는 생동하는 봄이다. 바닷바람과 산 위에서 불어오는 바람이 살갗을 간질인다.

　이곳은 동백나무가 많고, 섬 모양이 소처럼 생겼다 하여 '수우도'라 부른다. 처음 가는 길에는 모험이 뒤따른다. 섬에 있는 산은 보통 산과는 다른 운치가 있다. 산과 바다, 쉼 없이 일렁이는 물결에 가슴이 탁 트인다. 봄 햇살이 갯내와 함께 밀려온다. 고래바위, 백두봉, 금강봉, 해골 바위, 은박산을 돌아와 마지막 배를 탈 예정이다.

　작은 섬이지만 산세가 만만치 않다. 오라는 사람은 없어도 부지런히 걷는다. 고래바위에서 내려다보면 아슬아슬한 바위 끝에서 바다에 눈을 빠트리고 있는 낚시꾼들이 보인다. 일렁이는 파도 위에서도 배 낚시에 심취되어있는 사람, 외딴섬에서 위태로운 절벽을 다니는 염소 떼들이 먹이를 찾는 모습도 이색적이다.

해안선에 자리한 고래바위 근처에 암벽등반 체험 명소라 불리는 '고래바위' 팻말 앞에 선다. 남쪽 바다 너머로 아슴푸레하게 남해가 보인다.

백두봉 앞 절벽과 마주한다. 엉금엉금 기어가는 힘든 암벽이지만 아슬아슬한 재미를 더한다. 바위 능선은 달의 표면같이 둥글다. 그리 높지는 않지만, 백두봉 정상에는 위험이 도사리고 있다. 손이 발이 되지 않고서는 갈 수 없는 곳이다. 난간도 없다. 가느다란 밧줄에 의지하며 기어가듯 간다. 축소된 금강산이라는 이름을 가진 봉우리답다.

암벽 끝에서 고개를 조금만 돌리면 산과 바다를 조망할 수 있다. 색다른 매력으로 뻣뻣하게 굳었던 긴장이 풀린다. 딱딱한 나무껍질 같은 내 마음이 한 꺼풀 벗겨지는 느낌이 든다. 돌아서서 비탈길에 내려서면 인생길에서 만나는 우여곡절처럼 너덜 길이 도사리고 있다. 삐꺽거리는 돌길을 지난다. 숲속에 동백꽃 무리가 동그란 입 모양으로 주절주절 속삭인다. 아무도 봐주지 않는 곳에서도 아름다운 꽃을 피운다.

비탈길 따라 미로처럼 얽히고설킨 길을 오르락내리락한 끝에 기대했던 '해골 바위'가 나타난다. 바위 표면이 해골처럼 구멍이 숭숭 뚫려있다. 기암 중 기암이다. 비바람과 파도가 들이치며 수많은 시간 동안 깎아 만들어졌다. 어떤 조각가가 손질해 놓은 듯 정교하다. 바다와 맞닿은 해벽은 시간이 빚은 조각품이다. 수많은 세월 바위와 바람이 주고받은 대화가 고스란히 새겨져 있다. 그 어떤 것도 예술로 승화되려면 뼈를 깎는 아픔을 겪게 마련이다. 억겁 동안 깎이고 깎여 만들어진 모습은 전설이라도 품고 있는 것 같다.

누군가가 해골 바위 속에서 어슬렁거리며 나온다. 부피가 큰 배낭을 진 MZ세대 청년이다. 몇 가지 생필품만 가지고 이곳에서 야영했다고 한다. 여기서 밤을 지새운 소감을 묻는 나에게 "초저녁에 초승 달빛, 별빛, 파도 소리에 낭만을 즐기는 맛이 흥미로웠지만, 자정을 넘긴 후에는 파도 소리마저 잠든 듯 고요해서 좋았어요."라고 한다. 깜깜한 밤이 무섭지 않더냐는 내 질문에 빙그레 웃는다. 나 역시 도전하고 싶다고 말했더라면, 아마도 그는 세월의 더께가 있어 보이는 나를 향해 고개를 갸우뚱했을 것이다.

나는 잠시 침묵에 잠긴다. 청산도 여행지에서 목관木棺에 들어가 죽음을 체험한 적 있다. 사는 동안 건강하고 즐겁게 사는 것, 혼자 살 수 없는 세상에서 은혜를 받고 살아왔기에 갚을 빚도 많다. 자연이 만들어 낸 해식동굴 해골 바위가 나에게는 낯설게 느껴지지 않는다. 욕심을 덜 내며 살라는 충고 같다. 불가에서 말하는 지수화풍地水火風을 떠올려 본다. 해골 형상만 보아도 삶을 재조명해 볼 수 있는 공간이다.

우리는 모두 머릿속에 해골 하나씩을 지니고 있다. 삶에는 늘 죽음이 공존한다. 그러니 죽음을 잊지 않고 사는 삶은 저 기암처럼 억겁의 답을 받으리니, 해골 바위에서 작은 깨우침 하나를 얻는다.

2

—

삭막한 도시의
그늘진 골목 한 귀퉁이에서
나도 누군가를 위한
나지막한 의자가 되고 싶다.

화기애애한 삼대

기다려졌다. 달력에 며느리와 손녀를 만날 날을 동그라미 해두었다. 동그라미 안에는 세 여자의 모습이 그려졌다. 복숭아처럼 예쁜 손녀의 얼굴은 오색 비눗방울 속에서 동동 떠다녔다. 꽃처럼 아름다운 며느리 얼굴은 은쟁반처럼 환히 빛났다. 세 여자가 제주도 여행을 떠났다.

도착하자마자 제주도 동문 시장에서 활어회와 은빛 나는 갈치를 사 왔다. 무와 청양고추를 넣은 찌개가 끓으며 냄비에 보글보글 원을 그렸다. 냄비 뚜껑이 덜컹거리며 숨소리를 냈다. 세 여자는 식탁에 앉아 맛있게 먹었다. 어미와 나는 아이가 맛있게 먹는 모습을 보기만 하여도 진수성찬이었다. 오랜만에 셋의 까르르 웃는 소리가 떼구루루 굴러다녔다.

나는 부산에 살고, 며느리는 분가해서 대구에서 산다. 그런 까닭으로 만날 수 있는 기간이 1년에 서너 번뿐이다. 십 대, 사십 대, 칠십 대, 당연히 세대 간에 차이가 있을 터이다. 그런데도 시어미와 함께 제주도 여행을 자처한 며느리가 고맙다.

그녀와 나는 한 집안 한 남자를 나눠 가진 사이었다. 아들이 결혼할 여자 친구 소개한 날이었다. 그녀를 만나는 순간 확 끌려드는 느낌이 들었다. 가슴이 쿵쾅거렸다. 우리 집안의 대를 이어 나갈 사람에 대한 설렘이었을까. 남편과 첫 교감이 이루어졌던 순간처럼 마음에 동그라미가 물결쳤다. 예비 며느리 상견례를 마치고 아들이 낮은 목소리로 "어머니 마음에 안 드실 거예요. 아무것도 할 줄 몰라요." 했지만, "서로 맞춰 살면 되지." 하며 결혼을 지지했다.

현대 감각에 맞게 외모가 깔끔하다. 집 안 구석구석을 흐트러짐 없이 정리, 정돈하는 데는 귀재다. 유행과 감각을 따라가는 젊은이 눈높이에서 바라본다면 시어미는 한참 뒤떨어진 구세대일 것이다.

둘째 날은 바닷가에 있는 '공백' 카페에 갔다. 제주 외곽으로 나 있는 도로는 한적했다. 구름 한 점 없는 하늘과 억새꽃, 가을 바다, 기분 좋은 바람도 동행했다. 찻집에 도착하자 확 트인 바다가 보였다. 앞바다에 이는 파도는 모양이 제각각이었다. 하지만 모두 잔잔해지면서 해변으로 동그렇게 밀려왔다. 둥근 물거품이 가슴을 펑 뚫어주는 느낌이 들었다. '공백'이라는 이름처럼 '채움과 비움'이라는 의미를 되새기게 했다. 늘 바쁘다는 핑계로 소원했던 고부 사이에 동그란 고리가 연결되는 느낌이었다.

가는 곳마다 포즈를 취하며 추억을 담았다 "앞으로 살짝 오세요, 옆모습으로 서세요, 할머니랑 팔짱을 끼세요." 하며 사진사를 자처한 며느리 앞에서는 모델이 된다. 동그라미 속 세 여자가 보름달처럼 둥실 떠올랐다. 손녀 눈이 동글동글해지고, 며느리 입꼬리가 둥글게 말려 올라갔다. 나는 주름살로 원을 그리며 활짝 웃었다. 사진 속 얼굴에서도 기쁜 감정이 그대로 살아있는 것이 보였다. 구름이 흘러가듯 추억도 희미해지겠지만, 우리가 남긴 이 시간을 둥글게 말아 오래오래 간직하고 싶었다.

셋째 날은 '빛의 벙커'를 찾았다. 어느새 며느리가 예약해 놓았다. 마음이 든든했다. 시집온 지 십오 년이 지나는 동안 열어보지 못했던 그녀의 마음 상자를 열고 그 안을 들여다본 기분이었다. 따뜻함이 동심원을 그리며 가슴으로 밀려들었다.

말로만 듣던 '빛의 벙커'는 예술과 미디어 기술이 만들어낸 몰입형 예술 전시관이었다. 세잔과 칸딘스키의 입체적인 색감에 투포환을 맞은 듯 가슴이 얼얼했다. 둥글둥글한 선율이 펼쳐지는가 싶더니, 어두움에 휩싸인 빛이 와르르 쏟아질 때의 웅장함은 마음에 강력한 파문을 남겼다. 사방에서 장중하면서 격렬한 선율이 터져 나오며 벙커를 가득 채웠다. 작품 감상을 마치고 밖으로 나왔는데도 강한 파장은 한동안 내 곁을 떠나지 않았다. 어미 덕분에 눈과 귀가 호사를 누렸다.

들뜬 기분도 가라앉힐 겸 애월읍 '더 셋' 카페에 갔다. 여자 셋은 여전히 모델이 되었다. 옥상 수영장에는 흰색 테이블이 놓여 있었다. 탁 트인 바다와 야자수가 하와이 와이키키 해변에 와있는 기분을 느끼게 했다. 그 너머로 반원을 그리며 달려온 해가 둥글게 지고 있었다.

세 여자는 시종일관 화기애애했다. 서로의 가슴을 채우는 시간이었다. 여행이 주는 달콤함, 가족 간의 화목이 동그란 가슴마다 도탑게 쌓였다. 마음은 표현할수록 더 커지고, 공유할수록 더 의미가 된다는 걸 깨달았다.

태양은 사라지고, 재잘대는 수다 속으로 석양빛이 피어오르고 있었다. 여자 셋은 얼굴을 마주 보고 웃었다.

청운마을, 2

한라산 해발 500미터에 자리 잡은 집 위로 솜털 구름이 한가롭게 흩날린다. 우거진 숲에서 노루, 사슴이 뛰어나올 것만 같은 집에 들어선다. 돌담장 아래로 흐르는 물소리와 숲에서 떼 지어 지저귀는 새소리에 귀가 쫑긋해진다. 마당에는 낙엽과 도토리가 지천으로 뒹굴고 있다. 우리가 지낼 1층은 그야말로 숲속의 요정 같다.

큰 상수리나무에는 참새들이 바쁘게 드나들고, 직박구리가 창문에 비치는 제 모습을 보고 연신 콕콕 쪼아대고 있다. 창 너머로 비치는 햇살이 폭포처럼 쏟아지고, 키가 큰 삼나무 끝에 낮달도 반가운듯 얼굴을 내민다.

초겨울, 벽난로에는 장작이 훨훨 타고 있었다. 초대해준 친구의 품이 따뜻하게 다가온다.

우리는 매일 직장에 출근하듯 제주 땅을 밟는다. 바람 많고 돌 많은 제주도는 가는 곳마다 어깨를 나란히 걸터앉은 돌담을 보게 된다. 제주 돌담은 바람이 잘 드나들 수 있도록 구멍이 숭숭 나 숨을 쉰다. 밭담은 바람과 짐승들 출입을 막아준다. 검푸른 바다와 검은 돌의 시간이 보인다. 제주 돌담은 섬사람들 삶에 중요한 요소라 할 수 있다. 바람막이와 경계를 겸한다. 제주 풍경이 친근하게 느껴진다.

까칠하고 울퉁불퉁한 돌이지만 품이 너르다. 온갖 풍파를 겪으면서도 기꺼이 식물이 뿌리를 내리고 파충류들이 집을 지을 수 있게 온몸을 내어준다. 휘어진 돌담 따라 담쟁이가 꾸물꾸물 기어오르는 것을 볼 수 있다.

육지에서 우리가 살아온 삶과 닮아있었다. 담벼락에 걸터앉은 누런 호박 인심은 후했다. 어기적거리며 기어오른 호박 덩굴에 매달린 푸른 호박은 두레상에 웃음꽃을 선사했고, 다닥다닥 붙어있는 이웃집 담 너머로 삶은 고구마며 떡이 오가기도 했다. 고양이도 돌담을 넘나들며 마실 다녔다. 고향 모습이 눈에 선하게 다가왔다.

돌문화공원을 둘러본다. 설문대할망 이야기를 품은 돌문화에 감탄한다. 제주도는 천연자원과 역사가 살아 숨 쉬는 화산섬으로 자리 잡고 있으며, 세계적으로 자연경관이 아름다운 곳으로 알려져 있다. 제주는 곳곳에 명소가 아닌 곳이 없다. 돌담 위에 돌을 얹듯 하루하루가 단단한 추억이 쌓여간다. 현재와 미래를 이어주는 공간이라 할 수 있다.

어느 사이에 한 달이라는 시간이 물 흐르듯 흘러 돌아갈 날이 다가온다. 친구들과 함께 있을 때는 하루를 이틀처럼 쪼개 지내고, 남편과 둘이 있을 때는 하루를 일주일처럼 늘려 보낸다. 나는 둥글고 아름다운 섬 제주에서 보내는 이 한 달이 마치 정든 이와의 이별을 앞둔 한 시간 같다. 마냥 이 시간을 유예하고 싶고, 아주 꽉꽉 채우고 싶기도 하다. 앞으로만 째깍거리는 시침이 아쉽기만 하다.

아무리 쪼개고 늘려도 시간은 간다. 제주살이도 끝이 보인다. 오늘은 풍랑으로 배가 뜨지 못한다. 제주와의 이별이 하루 미루어진다. 두툼한 앨범처럼 추억을 가득 챙긴다. 깊은 바다에서 해녀가 건져 올린 전복처럼 가슴 깊은 곳에서 떠오른 즐거움도 소중하게 갈무리한다. 이제 시침이 열두 시를 넘어 새로운 하루를 맞이해도 미련은 없겠다. 다리를 쭉 뻗고 벽난로 불빛을 바라본다.

창밖에는 11월 초승부터 축복처럼 눈이 내리고, 남편은 장작이 타는 불꽃 앞에서 졸고 있다. 눈 쌓인 풍경은 한 폭의 수묵화 같다. 곁에 놀던 털이 뽀송뽀송한 강아지 콩이가 재바르게 눈 위에 발자취를 찍으며 달려간다. 상수리나뭇가지 위에는 이팝나무 꽃송이처럼 보슬보슬 탐스럽게 눈이 쌓이고 순식간에 온 세상이 하얗다. 가마솥 위에 얹힌 떡시루에 쌀가루를 넣고 백설기 해주던 어머니 생각이 난다. 눈이 쌓여 온 시야를 다 덮어도 내 지나온 발자취는 덮을 수 없는 일이다. 우리에게 선물 같았던 한 달살이가 꿈처럼 지나간다. 어두운 유리창에 허공으로 내리는 흰 눈발과 벽난로에서 타는 붉은 불빛이 교차 되며 어룽거린다.

한 달 동안 어디를 다녀와도 여지없이 거실에는 벽난로가 지펴져 있다. 마치 보이지 않는 숲속에 요정이 있어 우리를 돌봐주는 느낌이 든다. 15년 차이 나는데도 그녀는 나를 친구라 부른다. 사람이 풍경만큼 아름다운 제주 '청운마을 2호'에서의 시간이 눈이 되어 내린다. 이대로 시간이 멈추고 아침이 영영 오지 않아도 좋을 듯싶다.

무지개를 보며

앗! 실수, 그토록 좋아하는 라면을 빠트리다니. 추운 겨울 산에서 먹는 컵라면 맛은 단연 일품이다. 초등학교 2학년, 4학년 손주 둘과 우리는 한라산 정상에 선다. 두 아이는 다른 등산객들이 삼삼오오 모여 후후 불며 라면 먹는 젓가락만 쳐다본다.

한라산 등산은 예약이 필수 조건이다. 게다가 일찍 와야 등산할 수가 있다. 인명피해와 자연훼손을 줄이기 위해 인원을 제한한다. 김밥을 준비하여 이른 새벽부터 서둘렀더니 남들보다 일찍 성판악에 도착한다. 빼곡한 나무들 사이에는 운무가 쌓여 온 시야는 희뿌옇게 보인다.

한라산은 우리나라의 큰 자랑이다. 제주도에 올 때마다 매번 와 보는 산이지만 늘 새롭다. 동행이 있거나, 혼자 오거나 산은 늘 그 자리를 바위처럼 지켜준다.

딸네 가족과는 서울과 부산 멀리 떨어져 살다 보니, 자주 만나서 산행을 하는 것이 쉽지 않다. 오랜만에 가족끼리 이야기꽃을 피우며 걷는다. 손주들의 재잘거림에 즐거움은 배가된다. 큰딸과 작은딸 내외, 두 손주가 앞서가는 모습을 보며 할아버지도 흐뭇해한다.

아이들은 발에 바퀴를 단듯 잘도 간다. 그들은 왜 산행하는지 알까. 투정할 만도 할 터인데, 말을 안 하는 건지 참아내는 건지 어린 속을 알 수가 없다. 벌써 진달래 산장에 와 있다. 상고대와 눈꽃 물방울에 닿은 햇살이 반사되어 무지갯빛으로 작은 원을 그린다.

진달래 산장에서 정상을 오르려면 아이젠을 덧신고 가야 한다. 남은 시간이 더욱 힘든 코스다. 한참을 걸어왔으니 지칠 만도 하다. 정상으로 갈 것인지, 하산할 것인지 모두가 망설인다. 큰 녀석은 체면을 차리는지 피곤한 티를 안 낸다. 둘째는 표정이 힘들어 보인다. 갈림길에서 머뭇거린다. 티브이 화면으로만 보았던 한라산 정상을 체험하고 싶은 마음이 불쑥 솟은 모양이다. 큰손주가 앞장선다.

아홉 살, 열한 살, 두 아이는 개구쟁이처럼 앞장서서 잘도 간다. 가족 모두가 한곳을 바라보면서 걷는다는 것은 소소한 행복이다. 어미는 틈틈이 가족 모습이 찍힌 사진을 보여준다.

정상이 가까워진다. 살아 천년 죽어 천년이라는 주목이 고주박이 되어 땅에 박힌 채 물기 없는 몸짓으로 고난의 세월을 말해준다. 허연 뼈마디만 앙상하다. 날아가는 까마귀가 귀띔하듯 머리 위에서 조심하라는 신호처럼 깍깍거린다. '위험 구간 미끄럼 주의'에 의족 같은 스틱에 의지하고 간다.

고지가 보인다. 백록담 웅장한 분화구에 안개구름이 쉬엄쉬엄 쉬었다 간다. 영상처럼 분화구를 덮었다가 환하게 걷힌다. 넓은 분화구 앞에 선다. 힘들게 올라온 아이들이 대견스럽다. 사람이 없을 때는 아무도 봐주지 않던 천구백오십 고지 백록담 표지석에 사진을 찍으려 긴 줄을 서서 기다린다. 오래달리기에서 완주한 느낌이 드는 모양이다.

겨울 산은 특히 내려갈 때 미끄럼 주의에 신경 쓴다. 몇 번이나 엉덩방아를 찧었지만, 다행히 다친 데는 없다.

하산 후, 큰 녀석은 역시 등산은 '정상'만이 추억에 남는다고 말하고, 둘째는 역시 등산은 '오르는 맛'이라고 각각 소감이 다르다. 나 역시 큰 외손주 말처럼 산 정상에서 내려다보는 맛이 으뜸이라고 말하고 싶다. 말은 다르게 하였지만, 최고 높은 산 기록에 방점을 찍고 하산한 소감은 같았을 것이다. 최고봉을 올라와서야 내려다보는 풍경을 알게 된다. 바위와 나무를 만나는 것도 발품을 팔고 온 덕이다. '바위와 나무들이 그 누구도 가르쳐 줄 수 없는 비밀들을 우리에게 가르쳐 줄 것이다.'라고 하듯 대자연에서 아이들도 많은 가르침을 터득했을 것이다.

가족이 함께한 한라산 천구백오십 고지 완주를 축하하는지 성판악 울창한 숲 사이로 무지개가 뜬다. 성문처럼 성판악 골짜기를 잇는다. 일곱 명이 일곱 색깔 무지개처럼 나란히 걸어간다.

쏨뱅이 낚시는 아무나 하나

   해거름에 탐라호를 탔다. 앞바다에는 너울성 파도가 출렁출렁 사납게 으르렁거렸다. 배가 철썩이는 물살을 가르며 나아갔다. 고산항에는 낚시꾼들이 몰려들었다. 모두 구명조끼에 벨트까지 단단히 묶었다. 쏨뱅이를 영접하기 위한 절차다.

   고산항 근처에 와섬과 차귀도가 나란히 있다. 헤엄을 쳐서도 갈 수 있을 만큼 육지에서 멀지 않다. 차귀도는 낚시터로 명성이 있는 곳이다. 섬에서 점점 멀어질수록 수심이 깊어진다.

   배가 출렁거릴 때마다 마음이 죄어들었다. 모두는 긴장과 설렘으로 가득 찬 눈빛이었다. 초보라 그런지 두려움과 초조함이 밀려왔다. 목이 컥컥거리며 구역질까지 났다. 뱃멀미가 심해 배에서 내리고 싶어도 돌아갈 수 없는 일이었다.

선주는 특별한 날을 제외하고 늘 푸른 바다 위에 섰다. 선반에는 수십 개 줄 낚싯대가 세워져 있었다. 선주는 사람들에게 낚싯대와 물통을 하나씩 나누어 주었다. 초보자들을 위해 고기 잡는 법을 차분히 설명했다. 배운 대로만 하면 당장이라도 입질이 올 것 같았다.

낚싯바늘에 미끼를 끼워 바다에 던져 넣으면 끝인 줄 알았다. 이때부터가 시작이었다. 예리한 감각으로 낚싯줄 움직임을 알아차려야 한다. 낚싯대가 일렁이는 파도 따라 춤을 추었다. 어지럼증이 고기비늘처럼 일어섰다. 바다낚시가 처음인 나는 출렁이는 파도가 슬슬 무서워졌다. 내 바늘에 낚이는 눈먼 고기를 발견하지 못하고 그 바닥 깊이 빠져들었다.

낚싯배 옆으로 고등어가 자유로이 떼를 지어 다니고 있었다. 손에 닿을 듯하지만, 쉽게 잡히지 않았다. 빤히 보여도 낚이지 않은 물고기들이 나를 비웃으며 몰려다녔다. 급한 마음에 손으로 덥석 잡아보고 싶었지만 이러지도 저러지도 못할 노릇이었다.

고산항에는 낚싯배들이 여기저기서 떠다녔다. 마치 낚시 공원 같았다. 우리처럼 배낚시 체험에 나선 사람들이다. 짜릿한 손맛은 구경도 못 하고 뜰채 생각만 간절했다.

옆 사람이 색이 예쁜 어랭이 낚는 장면을 보았다. 눈요 깃감이 되었다. 물고기가 입감에 걸리는 감응은 굿판에서 신대가 떨리듯 할 줄 알았다. 하지만 감각이 둔한 나는 아예 감지 능력이 없었던 모양이었다. 미끼만 소비했다. 초보라는 것을 물고기들도 아는 듯했다.

삼십 대 중반인 일행들은 낚싯대를 던질 때마다 전갱이, 고등어, 쥐치, 볼락 등을 낚아 올렸다. 이번에는 낚시를 즐겨 다닌다는 한 젊은이가 쏨뱅이를 잡았다. 배가 볼록한 붉은색이 아름답게 보였다. 구경꾼에 지나지 않던 나는 하는 수 없이 그들이 잡은 물고기를 낚싯바늘을 빼고 물통에 담았다. 어쨌거나 활어를 손으로 잡아보는 새로운 경험은 흥미로웠다.

섬에서 멀리 떨어진 바다 가운데 집도 아니고 배도 아닌 물체가 보였다. 궁금해하는 나에게 선주는 국내 최초의 '파력발전소'라고 했다. 철썩철썩 쏴 하고 파도가 칠 때마다 압력에 의해 에너지가 전기로 전환되는 곳이라 설명해 주었다. 파력이 심했다. 고기 잡는 경험도 중요하지만, 새로운 것을 알아가는 재미도 있었다.

차귀도 앞 노을빛으로 물드는 바다는 노을이 물든 어촌 풍경을 그린 그림 같았다. 까치놀 머금은 하늘과 바다 사이에 울긋불긋한 물결이 번쩍이는 모습은 신이 준 선물 같았다. 선주가 서둘러 뱃머리를 항구로 돌리기 전 그때 마침 작은 고등어 새끼 한 마리를 잡는 데 성공했다. 내 얼굴에도 느릿느릿 노을빛이 스며들었다.

일행 중 모녀가 잡은 고기를 물통 채 나에게 내밀었다. 물고기가 꼬리를 흔들어 댔다. 쏨뱅이 낚시는 아무나 하나. 피식 웃음이 났지만, 나를 비웃을 사람은 없었다. 누구나 낚싯줄 내린다고 다 낚일 요량이면 세상살이가 이리 복잡할 리 있을까.

왔던 길을 되돌아보았다. 지치지 않는 파도가 하얀 등을 세웠다. 그 위로 나의 모험심이 추억이라는 조각이 되어 파랑波浪처럼 일렁였다.

해녀의 부엌 이야기

　해녀들의 삶이 녹아있는 '해녀의 부엌'* 문을 연다. 푸르
스름한 조명 빛이 어스름이 깔려있다. 마치 심해에 들어선
것처럼 깊은 호흡을 들어 마신다. 정면으로 높지 않은 무
대가 보이고, 벽에 걸린 몇몇 개 테왁이 문밖에 있는 바다
를 향해 눈빛을 보낸다. 문이 닫히고 넓은 공간은 바다로
가라앉는다. 바다와 파도를 연상케 하는 스크린을 통해 무
대예술을 맞이한다.

　해녀의 부엌은 제주도 구좌읍 종달리에 있는 활선어 위
판장을 개조한 공연장이다. 어촌에 사람이 줄고 판매량도
뜸해지자, 문을 닫았던 곳이다. 시간이 멈추어 버린 공간
에 20년 만에 젊은 예술인들이 모여 해녀들 숨소리를 불
어넣은 특별한 공간으로 재탄생시킨 곳이다. 해녀가 직접
잡아 온 해물로 만든 음식을 먹기도 하고, 해녀들의 삶을

바탕으로 한 연극을 보여준다.

캄캄하던 무대에 조명이 켜지고 막이 오른다. 무대는 순식간에 푸른 바다로 변한다. 파도가 철썩이고 잔잔한 음향이 점점 커진다. 이내 실내는 성난 파도 소리로 가득 찬다. 남편 대신 생계를 도맡아 파도에 밀리듯 바다로 나서는 해녀들이다.

"서방은 바다에 바치고 아비 없는 자식 어떻게 키울까 걱정이다. 바다가 원망스러워도 새끼 먹여주고 키워준 것이 바다잖아, 나 혼자 할 수 있을까."

두 아낙의 눈물바다로 공연이 시작된다.

해녀라는 직업은 검푸른 바다에 온몸을 맡기는 일이다. 비록 바다에 들어가는 것이 일상이라 할지라도 그 가슴에는 매번 두려움이 담겨있었다고 한다. 남편 잃은 바다에 생명줄을 거는 일이 어찌 쉬울까. 가슴 한쪽이 자꾸만 시려온다.

"이어라. 저어라. 어금니 악물고 살아 보자꾸나."

바다는 남은 식구에게 명줄을 이어가는 터전이다. 죽음보다 배고픔이 한 발짝 앞선 두려움인지도 모르겠다. 깊은 바다를 헤집으며 전복과 해삼으로 망태기 바닥을 채워갔다. 뱉은 숨으로 몸부림치며 가난을 온몸으로 악착같이 밀어내는 해녀들이었다. 순간순간 죽음을 마주하면서.

"미자야, 욕심내지 말고 무리하지 말고, 바다가 서방 앗아가 억울하고 분통하다만, 기쁠 때나 슬플 때나 숨이 있을 때 꼭 나와야 한다. 욕심내멍 죽고 살리는 건 바다 몫이고."

바다에 배를 타고 나갔던 남편을 풍파로 잃게 된 금덕이와 친구이자 동료인 미자, 둘은 놓으려던 삶에 끈을 잡고 다시 물질하러 갔다. 살기 위해서는 죽음 문턱까지 자신을 몰아가야 하고, 죽지 않으려면 욕심을 내려놓아야 한다. 쉽지 않은 조율이다.

구순 권영희 해녀는 테왁을 가슴에 안고 헤엄치는 덩치 큰 물고기가 된다고 한다. 테왁이 없으면 출렁이는 바다 위에서 쉴 곳 없는 그녀였다. 큰 테왁은 그만큼 큰 부력으로 깊은 물에 들어갈 수 있게 해준다. 테왁은 그녀에게는 분신이며 좌표이기도 했다. 한번 물질을 시작하면 5시간이 기본이다. 테왁을 끌어안고 숨비소리를 뱉어낸다. "우리한테 바다가 뭐냐고? 뭐긴 뭐라 우리네 부엌이지. 열 살 때 물질을 배워서 구순九旬 문턱까지 물질했지. 바다는 고향이며, 먹여주는 부엌이고, 재워준 침상 같은 거였지 우리를 살려주고 가족을 키워준 바다라."

바다를 내 집 부엌처럼 넘나들며 자식을 건사하는 재미로 힘든 줄 모르고 청춘을 보냈다는 이야기가 고스란히 담겨있다.

"나 때는 제주 딸들을 학교 대신 바다로 보냈어. 그 세월이 칠십 년이 넘었지. 어렸을 적에 바닷바람이 온몸을 때리는 아픔을 견디며 깊은 바다 들어갔었어. 허리춤에는 납덩이, 팔에는 테왁을 낀 채로. 귀가 아프고 어지러워서 귀를 막고 들어갔지. 스물다섯 살쯤엔가 신기하게도 내 숨비소리를 듣고 쌕쌕 소리를 내며 돌고래가 밀려온 적도 있었어. 배 아래로 저만치 가는 것을 보고 내치지도 않고 따라가 뿔소라, 전복을 많이 잡았지. 무섭지도 않았어. 그런 날은 기분 좋은 날이고, 돈 많이 벌어서 좋고, 엄청 기뻤지."

옛 기억을 회상하는 주름진 얼굴에는 푸른 바닷물이 일렁거리는 것 같았다. 구순노인은 오랜 세월 바다와 함께한 삶을 파스텔 물감처럼 풀어놓는다.

제주 해녀들은 원정 물질도 갔다. 주로 2월에 나가서 8월이 되어야 돌아왔다. 강원도, 포항, 감포, 청산도, 마라도 일본까지 파견되어 외화벌이까지 마다하지 않았다. 만삭에도 물질하다가 배에서 출산까지 하는 일도 허다했다.

해녀라는 직업이 천하게 여겨져 부끄러웠던 시절도 있었다. 지금은 당당한 전문직으로 보존할 가치를 인정받아 유네스코 인류무형문화유산에도 등재되었다.

속담에 '저승에서 벌어 이승에서 쓴다.'라는 말이 있다.

해녀들 삶을 일컫는 것이지 싶다. 물속에서 참기 힘든 숨을 몰아쉬며, 가족을 지키기 위해 바다에 나섰던 그들의 고생 하나하나가 후손을 위한 밑거름이 된다.

이윽고 '해녀의 부엌' 무대조명이 꺼진다. 세월이 가도 모성애는 주름지지 않는다는 것을. 해녀라는 이름은 푸른 바다처럼 세월이 가도 늙지 않는 이름으로 남는다는 걸 보여준 공연이다. 애써 예약해준 며느리의 사랑이 느껴지는 시간, 관객들 박수 소리가 숨비소리보다 힘차게 쏟아진다.

* 해녀의 부엌 : 제주도 구좌읍에 있는 극장식 레스토랑

알섬

섬, 숨은 깊다. 그 숨을 담고 부는 바람은 속내까지 씻어 낸다. 바람을 쐬려고 이 섬 저 섬을 수시로 기웃거린다. 하늘은 높고 갈바람이 선선한 바닷가에서 흙냄새 대신, 짭조름한 냄새를 내 안으로 받아들인다.

차귀도가 보인다. 자구내 포구 풍경은 빨랫줄에 걸어놓은 오징어가 가오리연처럼 바람에 출렁인다. 껍질 벗은 몸이 만국기처럼 펄럭이며, 섬을 바라보고 있다.

제주도 서쪽 한경면 포구에서 섬 속의 섬, 사람이 살지 않는 작은 섬인 알섬을 가려고 배를 기다린다. 차귀도遮歸島는 알섬이다. 천연기념물로 지정된 곳으로 사람이 살지 않는 작은 섬은 헤엄을 쳐서 갈 수 있을 것처럼 가깝게 느껴진다. 얼마 전부터 사람들 발길을 허락한 곳이다. 자구내 포구에서 조금 떨어져 있다. 손에 잡힐 듯하지만, 배를 타지 않고는 갈 수 없는 노릇이다. 알섬으로 배를 타고 발길을 옮긴다.

　제주도에는 부속 섬이 많이 있다. 내가 다녀온 섬 가파도, 마라도, 우도, 추자도, 비양도 등 그 섬들 중에 차귀도는 가장 작은 섬이긴 하지만, 알섬으로 가장 큰 섬이다. 해안절벽과 기암괴석으로 이루어진 절경은 멀리서 바라보아도 가슴을 가득 채운다. 삼라만상이 빚은 숨결이다.

　'차귀도'라는 이름은 배가 돌아가는 것을 차단했다고 해서 붙여진 이름이다. 그 이름에 알섬의 역설이 담겨있다. 마치 이곳에서 살았던 사람들 숨결이 남아 있는 것 같다. 떠난 가을을 아쉬워하는 핏기 마른 억새와 모초茅草가 무리지어 갈색 몸을 뒤척인다. 잡풀이 살다 간 흔적도 들숨 날숨은 깊다. 바닥까지 굽히는 몸짓은 계속된다. 이렇게 모진 바람을 맞서며 살아낼 수 있는 것은 뿌리까지 스미는 깊은숨 덕이다. 사람이 살다가 떠난 자리는 허허로운 벌판으로 변해 쓸쓸한 바람만 가득 채우고 있다.

　주변에는 사람이 살았던 집터가 남아 있다. 담벼락에 박힌 돌은 세월 더께가 앉아 꺼뭇하다. 차마 허물어지지 못하는 그리움을 마주한 기분이다. 연자방아와 빗물을 저장하던 시설 등이 남아 사람이 살다 간 흔적을 말해준다. 사람 숨길이란 때론 이렇듯 지독하기도 해서 곳곳에 옛 숨길이 배어있다. 격랑을 헤치며 다다른 파도 소리가 고요를 깨고, 이내 집터는 다시 적막 속으로 잠긴다.

척박한 환경 속에서도 굴하지 않고 살아낸 사람들이다. 하늘과 바다를 바라보며 스스로 자신들 숨길을 트고, 바람 따라 눕고 일어서는 삶이었을 것이다. 잔잔한 바다 위에는 작은 배를 띄우고, 포효하는 바다 앞에서는 낮게 엎드리며 가족들 안녕을 빌었을 것이다. 누구보다도 바람을 거스르지 않으며 숨을 쉬는 법을 알았던 섬사람들이다. 이제 인적이 끊긴 이곳에 그들의 숨길을 불러오듯 또다시 비릿한 바람이 불어온다.

밤이면 호롱불을 켜야 했다. 물은 빗물을 받아 사용하거나, 썰물이 지면 바닷가 용수湧水를 길어다가 사용했다. 섬사람들은 주변 해역에서 물고기와 해산물을 잡아먹기도 하였다. 닭, 돼지를 키우며, 고구마, 콩, 수박, 참외 등을 농사지어 배편으로 물물교환하며 생활했고, 문화 혜택이 이르지 못하는 곳에서 숱한 세월 세찬 파도를 휘감고 살아온 사람들이었다.

그래도 새 생명은 태어났다. 봄이면 키 작은 꽃이 피고 새끼 갈매기가 날았다. 간간이 아기 첫울음이 섬 끝까지 울렸다. 그럴 때면 파도도 잠시 숨을 멈추고 귀를 기울였을 것이다. 인간에게 세찬 바람과 뜨거운 숨이 교차하는 이곳에서 아이들은 어미 아비 헌신으로 자랐다. 제 깃털을 뽑아 둥지를 짓는 어떤 새처럼 스스로 숨이 짧아지는 것도 모르고 아이들을 키웠을 것이다. 그러지 않고서야 이 열악한 환경에서 어떻게 그 어린 생명을 지킬 수 있었으랴. 그들 삶을 생각하니 가슴이 먹먹해 왔다.

무인도로 변한 것은 70년 초였다. 추자도 간첩단 사건 이후, 주민 일곱 가구에 퇴거령이 내렸고, 섬사람들은 정들었던 지난 세월을 두고 떠나야 했다. 1973년도에는 더 이상 인간 숨길이 머물지 않는 무인도가 되었다.

이곳에 살았던 섬사람들은 북한 실향민들처럼 고향 땅은 있어도 고향 집이 없다. 이미 사라져 버린 고향을 그리워하며 먼발치에서 바라볼 뿐이다. 주변에는 무심한 낚싯배들만이 간간이 바다에 떠 있다.

차귀도는 영화 '이어도' 촬영 장소로 유명한 곳이다. 있는지 없는지 알 수 없는 전설의 섬, 이어도. 섬에서 숨을 이어간다는 것이 얼마나 절절했으면 상상의 섬 이어도가 생겨났을까. 바다에서 사라져 버린 사람들이 살아간다는 섬 이어도가 차귀도와 닮았을까. 혹여 이 섬을 떠난 사람들 그리움이 이어도를 불러왔을까 하는 생각을 한다.

동경의 징표처럼 하얀 등대가 바다를 바라보고 서 있다. 등대는 늘 그 자리에서 주인처럼 이 섬을 지킨다. 등대가 있는 한 차귀도는 이어도처럼 사라지지 않을 것이다. 알섬이 되어도 무인 등대는 한결같은 고른 불빛으로 숨을 쉰다.

무인도를 휘돌아 나온 바람이 다가온다. 머리카락을 흩트리고 옷자락을 흔든다. 팔을 벌려 바람을 안는다. 바람은 빠져나가고 양팔 가득 그리움만 남는다. 앞으로 나아가며 후미에 물보라를 만드는 배처럼 어쩌면 살아간다는 것은 그리움을 남기는 일인지도 모르겠다.

나는 알섬을 향해 휘하며 깊은숨을 쉬어본다.

의자, 길을 묻다

웃멍, 놀멍, 쉬멍 하라는 제주 낙수로 마을 초입에 '의자 마을'이 있다. 한겨울 차가운 연못에 다리를 담그고 선 커다란 의자는 의연하다. 옛날 초등학교 교실에 놓여 있던 나지막한 걸상이다. 세월을 훅 건너서 덩치만 커진 옛 친구를 만난 기분이다. 사방에 빈 벤치들이 나를 반긴다. 관광객들이 쉬어가기를 바라는 마음이 하나둘 모인 결과다.

마을에는 주인 없는 나무 걸상들이 키 재기를 하고 있다. 모양이 다른 것들이 무려 천 개나 된다. 땅에 붙어있는 나지막한 것도 있고, 솟대처럼 높이 솟아오른 것도 있다. 홀로 앉아 사색을 즐기기도 하고 여럿이 앉아 수다를 떨기도 한다.

낙천리 아홉굿 마을을 보는 순간 초등학교 때 교실이 떠올랐다. 나무 걸상이 무려 육십 개나 되었다. 옹기종기 앉아있는 모습은 콩나물시루나 다름없었다. 그 시루에는 작은 여자아이의 걸상도 있었다. 학교에 다닐 수 있다는 것에 가슴이 벅찼다. 걸상을 바짝 당겨 선생님 말씀에 귀를 기울였다. 그러나 농번기가 되면 바쁜 일손을 보태느라 결석하는 날이 잦았다. 그럴 때마다 아이가 앉아야 할 걸상이 그리웠다. 마음 놓고 학교에 갈 수 없던 그때, 의자는 아이의 가슴 속 그리움의 대상이었다.

직장에서도 앉는다는 것은 언감생심 꿈도 못 꾸는 일이었다. 틈만 나면 도둑고양이처럼 책장을 눈으로 파먹었다. 결혼 후 안정된 생활 속에서도 늘 배움에 허기가 졌다. 가방끈이 짧은 탓으로 뒤안길을 돌고 돌아서야 대학교 의자에 앉을 수 있는 호사를 누렸다. 꿈꾸었던 의자, 꿈에서도 늘 앉아보고 싶었던 작은 의자, 교실 밖에서 기웃거리던 내 의자는 더 이상 꿈속에 나타나지 않았다.

5층 서재에는 나만의 작은 의자가 있다. 책장에 빼곡하게 들어찬 책들이 나를 내려다보며 격려한다. 그리워했던 의자에 대해 짙게 밴 설움을 털어낸다. 의자는 어둠의 길을 안내하는 힘이 있다는 것을 새삼스레 알게 된다.

얼마 전 TV에서 방영된 오디션을 보니, 일등 한 사람을 위한 좌석은 남달랐다. 마치 옥좌玉座처럼 꾸며져 있었다. 사람은 평등한 존재라 하지만 계층에 따라 앉는 곳이 달라졌다. 그러고 보니 의자는 신분 상승의 상징이 아닌가.

남편 회전의자 덕분에 취미로 꽃 예술원 의자에 앉아서 그 일을 배운 것이 생업으로 전환되었다. 의자에 앉을 시간조차 없이 꽃집은 성업이었다. 인연의 꼬리를 물고 주문이 어어졌다. 그 인연은 문학이라는 또 다른 세계로 나를 데려다 주었다.

요즘은 활자와 눈을 맞춘다. 경험 속에 들어있는 감성의 덩어리를 풀어내려고 안간힘을 쏟는다. 그런 나를 의자의 네 다리가 받쳐주고 있다. 바깥이 보이는 창가에 놓인 긴 의자에 읽던 책을 놓아두곤 한다. 배움에 대한 열망을 버리지 못하고, 책상 앞에서 문체에 몰입한다. 의자에 앉아 있던 방석이 미련한 나를 위로한다. 나를 붙잡아 앉혔던 의자는 고마운 일들이 많다. 노트북이 내 꿈을 한걸음 앞당겨 준다. 노트북을 들고 앉는 곳이 이제는 내 의자가 된다. 식탁도, 카페에서도, 때로는 나무 마루도 기꺼이 그 역할을 맡는다. 나를 붙잡아 앉혔던 의자들이 고맙다.

마을 안쪽으로 들어설수록 다양한 모양을 한 의자들이 놓여 있다. 그러나 의자가 없으면 어떠랴. 잔디에 앉으면 잔디가, 흙에 기대면 흙이 반겨 준다. 자연은 누구라도 먼저 자리 깔고 앉으면 주인이 되고, 의자는 길잡이가 된다.

삶이라는 긴 여정에 무거운 마음을 기꺼이 받아주는 곳

은 모두 의자가 아니겠는가. 날마다 만나는 고마운 사람들
도, 멀리서 서로의 안부를 염려하는 이들도 사랑하는 의자
다. 삭막한 도시의 그늘진 골목 한 귀퉁이에서 나도 누군
가를 위한 나지막한 의자가 되고 싶다.

3

오랜만에 고향 마을을 찾는다.
감나무 밑을 지나는데 툭 하고 힘없이
감이 떨어진다.
나무도 삶의 무게를 덜어내는 것일까.
…

주황빛 감을 보며
문득 아버지의 깊은 속내가 헤아려진다.
열정과 희망, 좌절과 안타까움이 배어있는
빛이 단맛으로 익고 있다.

지붕을 걷는다

하늘이 맑았다가 흐리다. 뇌성, 벼락도 친다. 변덕스럽더니 빗물은 눈물이 되어 주르르 떨어진다. 세숫대야를 받쳐놓는다. 떨어지는 물방울 소리가 요란하다. 벽면에도 빗물이 타고 내린다. 소소한 일거리가 많아진다. 얼룩에는 걸레질이 최고다. 찢겨나간 틈새를 천막으로 덮었더니 안심이다.

궂은비 속에도 손님은 다문다문 꽃가게 문턱을 넘나든다. 잔일을 하며 손님을 기다린다. 태권도학원 총각 선생이 주문한 장미꽃다발을 찾으러 올 것이다. 아련히 꽃집을 열기 전 그날이 스치고 간다.

그날은 집안 분위기가 착잡했다. 한 가장인 남편은 삼 남매를 불러 앉히고 슬픈 표정으로 말했다. 그날 이후 우리를 지탱해주던 지붕이 사라졌다는 것을 그때 알았다. 모두가 침묵했다. 졸지에 거리로 나앉을 판이었다. 나를 덮어주던 남편이라는 지붕도 허물어졌다. 찬바람과 폭풍이 그대로 우리에게 몰아쳤다. 부끄럽고 서러웠지만, 그 생각조차도 순간뿐이었다. 내게는 지붕 아래 머무를 수 있는 작은 공간조차도 사치였을까. 다시 나를 일으켜 세우는 힘이 필요했다.

실패라는 슬픔이 온몸에 녹아내려도 좌절할 수 없는 노릇이었고, 아이들의 책가방이 나를 붙드는 힘이 되었다. 포기라는 말은 나에게 성립되지 않았다. 형편에 맞는 장소를 찾아 발품을 팔았다. 겨우 얻어낸 보금자리가 한 평 남짓한 틈새 공간이었다.

천막은 수시로 바람에 펄럭였다. 태풍이 불면 한쪽 귀퉁이가 찢어지기도 했다. 나는 필사적으로 붙잡아 다시 기둥에 매었다. 이마저 날아가면 어디서 이만한 장소를 구할 것인가. 하늘이 나의 안간힘을 가상히 여겼는지 틈새 가게는 점차 안정되어 갔다.

꽃을 사는 사람들이 붐볐다. 쉴 새 없이 일했다. 밤을 새워도 작업은 끝나지 않았다. 그러는 동안 꽃들이 든든한 버팀목이 되어주었다. 비록 좁았지만, 비 맞지 않는 일터가 있다는 것이 다행이었다. 얼마 지나지 않아 비록 월세는 내지만 지붕이 있는 집으로 옮길 수 있었다.

이십여 년이 흐른 후에야 제대로 된 건물로 이사하게 되었다. 꿈속에서 상상으로만 존재하던, 내 집 마련이었다. 월세를 내지 않는 내 집 지붕 아래 살면서 꽃가게를 계속했다. 하지만 내 돈만으로 마련한 집은 아니었다. 은행 대출이며, 지인의 도움으로 통 크게 저질러 놓고 잠 못 드는 밤은 지속되었고, 밤마다 오뚝이처럼 누웠다가 일어나기를 반복했다.

실내 디자인을 전공한 큰딸이 내가 사용하기 좋게 힘든 공사를 도맡아 해주었다. 새로 지은 집처럼 깔끔했다. 곳곳마다 딸의 정성이 담긴 집은 그 속에 사는 사람들도 튼튼하게 만드는 것 같았다. 5층 건물에는 바닥이 다섯 개 있다. 아래층 지붕이 위층 바닥이 되고, 위층 바닥이 아래층 지붕이 되는 건물로 각자의 삶을 살아가는 사람들이 모여들었다. 나는 세입자가 들 때마다 옛일을 생각하며 그들의 지붕이 부디 단단하게 버텨주기를 바랐다.

아침이면 지하 꽃가게에서 나는 꽃향기가 지붕을 지나 1층 카페에 이른다. 카페 주인인 젊은 여인은 앞치마를 두르고 진한 커피를 내린다. 커피 향은 2층 합기도 도장으로 흘러들고, 조금 뒤 힘찬 구령이 지붕을 타고 3층 동양화 작업실을 울린다. 그 소리에 간밤 침묵에 들었던 그림들이 짙은 묵향을 피워올린다. 위층에 사는 나는 책을 읽다가 문득 그 묵향을 맡는다. 그러고 보면 누군가의 지붕 위에서 삶을 꾸려가는 우리가 아닌가. 그 지붕이 단단해야 나의 바닥이 안전한 것이리라.

한때 내가 그토록 꿈꾸어 왔던 지붕을 가진 사람들이 누군가에게 단단한 바닥이 되어주면 좋겠다. 서로 얽혀있는 세상에서 역설적으로 우리는 지붕과 바닥을 공유하고 있다. 나의 지붕이 무너지면 바닥이 내려앉는다. 또한 누군가의 바닥이 허물어지면 지붕이 날아간다. 서로를 살펴야 하는 이치다.

이제는 천막 아래로 비가 새는 일도 없겠지만, 무릇 나의 지붕이 다른 이들 바닥이 되어 우뚝 일어나기를 바라는 마음이다.

나는 오늘도 지붕을 걷는다.

쇠를 생각하다

쇠가 최고야, 우리는 평생 쇳가루를 넣은 밥을 먹었다. 옹이진 손마디가 대신 중얼거렸다. 남편은 쇳가루와 동고동락하며 산 지 벌써 오십여 년이나 되었다. 긴 세월을 무던하게 달려왔다.

그는 늘 쇳덩이를 소중하게 다루었다. 금속 표면을 재단하고 깎아냈다. 쇠 갈리는 소리가 공장에 쩌렁쩌렁 울렸다. 직장에서 마지막 소임을 다하고 돌아오는 날, 용접 불꽃이 쏟아 내리는 그림자 같은 주름살이 밝아 보였다.

성실하게 일하였지만, 받은 어음은 이슬처럼 사라졌다. 현실은 이미 과거와 멀어졌고, 용접 불꽃 같은 희망은 공중으로 흩어졌지만, 또 다른 꿈을 불러들였다. 어떤 삶도 재단하는 시점이 오면 잘라내는 아픔을 견뎌야 한다. 쉽게 할 수 없는 일이었기에 용기가 필요했다.

절망에서 빠져나오는 문은 바늘구멍처럼 좁았다. 그러나 하늘은 스스로 돕는 자를 돕는다는 말이 있다. 결국 최후에 문을 여는 열쇠는 자신 마음속에 있다는 말이 아니겠는가. 수많은 역경을 극복해 왔기에 문을 여는 방법을 당연히 알고 있다. 그것이 용맹이라는 것도 잘 안다. 실패한 사업에 대한 미련을 끊을 각오와 새 출발 할 용기를 낸다. 어려움에 맞서 치열하게 싸우다 보면 찰칵하고 문이 열리는 느낌을 받는다.

새 직장으로 출근하기 시작했다. 노련한 기술자 손은 그곳에서 톱니바퀴처럼 아귀가 맞는 업무를 맡아 수행하게 되었다. 직장에서 동료들과 연구하고 의논하면서 근실한 마음가짐으로 근무한 세월이 이십 년이 되었다. 용기가 또 다른 세상을 열어주었다.

그 일마저 무사히 마무리되자 그는 그것에 만족하는 눈치다. 백발이 성성할 때까지 짊어졌던 짐을 벗어버린 날 그는 얼굴이 상기된 채 무언가 꼭 자랑하고 싶은 어린애 같은 표정을 하고 있었다. 잠시 주춤거리더니 뒷짐에서 상자를 꺼내 선물이라며 내밀었다. 웬 퇴임 선물일까. 궁금한 마음에 상자를 열어보았다. 감사패와 함께 황금열쇠가 들어 있었다. 음각으로 새겨진 태극 모양과 무궁화꽃이 눈길을 끌었다. 오래된 전등을 새 등으로 갈아 끼운 것처럼 방안이 환해졌다.

　처음 여행지에 온 사람처럼 저녁 밥상 앞에서 늦도록 이야기가 이어진다. 약주 두어 잔에 마음마저 불콰했는지 얼굴빛이 불그레하다. 옛이야기가 봇물 터지듯 쏟아진다. 평생을 함께 살면서 마치 처음 듣는 말 같다.

　그는 담대한 패기로 기능공이 되었다. 매듭 없이 순탄한 길이 있을까마는 기술은 삶에 디딤돌이 되어주었다.

　그이 어깨는 가을날 수숫대처럼 단단히 여물어갔다. 그러던 어느 날 마침내 찬바람 막아주는 내 집 열쇠를 손에 쥐게 되었다. 누구에게나 싫든 좋든 간에 가야 할 길이 있게 마련이다. 다행히 남편은 쇠를 다듬는 전문직에 애정을 가졌다. 어려울 때마다 스스로 극복하는 자부심이 컸다. 자기 직업을 누구보다도 사랑했다. 기술이 좋은 약이 된다고 믿고 있었다.

　철은 가공하기 전에는 볼품없는 쇠붙이지만 그의 손이 닿으면 금속 종류에 따라 다양한 색상과 모양을 가진 제품으로 만들어졌다. 오랜 경험으로 쇠 성질을 잘 알고 갈고 닦아 온 기술로서 자가 공장 열쇠까지 쥘 수 있었다. 평생 쇠를 마주한 사람이었다.

　'누가 뭐래도 나는 금속이 최고인 것 같다. 고려시대 직지심체요절도 금속으로 된 활자가 아니던가.' 그렇게 되뇌던 그는 어느 곳에나 쓰임새가 많은 쇠를 다루는 사람이다. 현직에서 물러난 지금 소리 없이 지나온 고된 시간이 겹겹이 떠오른다. 반백 년이 지나도록 어깨에 쇠를 올려놓고 살았지만, 이제는 쇳덩이를 내려놓는다. 아니 쇳가루 묻은 옷을 벗는다.

미당 서정주 선생은 자신을 키운 것은 팔 할이 바람이라고 했다. 아마도 그를 키웠던 것도 쇳덩이가 팔 할이지 싶다. 쇳덩이를 팽이 깎아내듯 쉬운 것처럼 다루어온 사람, 출근할 일이 없는 내일 아침이 되면 어제와는 전혀 다른 일상이 펼쳐질 것이다. 이제부터는 가벼운 바람이 고단했던 그의 어깨를 다독여 주리라.

감나무 연가

　노을 없는 산골 마을, 가을이 익어가자 마을 곳곳 감나무에도 감이 붉게 익어갔다. 씨족 마을 동네답게 주황빛 감도 식구처럼 둥글게 어우러져 저마다 고개를 숙이고 수런대고 있었다. 마을 어귀에서 보면 산 밑에 붉은 비단을 펼친 것처럼 보였다.

　불그레 물든 감을 깎았다. 한 접에 백 개씩 싸릿대에 꿰어 처마 밑에 걸었다. 깎은 감이 햇빛에 몸을 말리는 모습은 마치 홍등을 밝혀 놓은 것 같았다. 알몸이 된 감은 햇살과 바람, 달빛까지 껴안았다. 그 시린 몸피에 하얀 분이 일어나며 쫄깃하고 맛있는 곶감이 되어 갔다.

　넓은 마당에는 벌거벗은 감이 가득 찼다. 층층이 파이프로 엮어진 곶감 공장이 들어섰다. 식구들 생을 매단 생명줄처럼 속살을 드러낸 감들은 줄에 매달려 바람에 흔들렸다. 마당이 주황빛으로 출렁였다. 그 빛은 한 가장에게는 절실한 희망의 빛이었으리라. 하지만 꾸덕꾸덕 더디게 마르는 과정을 지켜보는 마음은 조급하기만 했을 것이다.

산골에서는 곶감이 손님 상차림에 한몫을 차지했다. 특히 제사상에는 빼놓지 않고 올리는 관습이 있었다. 묘제를 지내고 나면 온 마을에 떡이 흔했다. 이웃집에 마실 가면 떡과 함께 감 홍시와 곶감을 꺼내 놓았다. 곶감 공장은 첩첩 산골에서 시작한 아버지의 세 번째 사업이었다.

경북 상주를 지날 때였다. 곶감이 꽃송이처럼 가판걸이대에 한 접씩 먹음직스럽게 매달려있었다. 고향 생각이 울컥 났다. 섬광처럼 번쩍 떠오르는 사업에 매달리며 수십 년을 훑고 가버린 그 세월이 아릿했다. 곶감 한 접을 샀다. 하얀 분이 묻은 곶감 하나하나가 소중하게 다가왔다.

아버지는 날마다 사업상 바깥출입이 잦았다. 한복 대신 양복을 입고 다녔다. 개척정신이 강하셨다. 우리들을 위해 거대한 꿈을 펼칠 요량으로 산골 마을에서 할 수 있는 사업은 다 손댔다. 하지만 하는 일마다 곤두박질을 쳤다. 그때마다 우리는 이사를 했다. 씨족 마을에 살면서 이삿짐을 자주 옮기는 번거로움은 자연스러운 일이 되었다.

늘 앞서서 새로운 사업을 시도하였지만, 밝은 소식보다 어두운 소식이 줄을 이었다. 그 어떤 사업도 희망과는 거

리가 멀었다. 날아가는 까마귀도 내 술 한잔하라고 할 정
도로 인심이 후했다. 소득은 바닥에 머물렀고, 남은 재산
은 줄에 낀 곶감 빠지듯 쏙쏙 줄어들었다.

자연적으로 궁핍한 생활이 이어졌고, 가난이라는 무게
를 덜어낼 수 없을 만큼 내리막길을 걸었다. 어머니는 부
지런하기로 소문나 있었지만, 거듭되는 손실을 막을 수는
없었다. 잠시도 쉬는 모습은 본 적이 없었다. 손톱은 줄무
늬가 지며 감나무껍질처럼 부스러졌다. 손마디마다 옹이
가 굵게 자리 잡고 있었다.

고사목 같은 생애였지만 자식들이 빠르게 철들었다. 어
머니는 자식들을 크게 나무라지도 않았다. 생전에 자식들
에게 사소한 일까지 칭찬을 아끼지 않으셨다.

육 남매는 우애가 남달랐다. 형은 아우에게 학비와 부모
님 생활비를, 누나는 직장에서 받은 월급으로 시골집과 농
사지을 땅을 사 드렸다. 나머지 동생들은 형을 잘 따랐다.
부모님이 세상을 떠난 후 남겨진 집과 땅은 주인을 대신해
자식들을 품었다. 기와집은 폐가가 되었지만, 남아 있는
육백 평이 넘는 땅값은 높이뛰기를 하였다. 주홍빛으로 익
은 감이 숙성된 곶감이 된 것처럼 다랑논이었던 땅이 옥토
가 되어 부모님 어깨에 무거웠던 가난의 옷을 대신 벗겨주
었다. 소나무가 울창한 산도 남겨져 우리에게 물려주셨다.

'결코 아버지는 자식들에게 가난을 물려주지 않았다.' 가족을 위해 오늘보다 나은 내일을 믿기에 거친 세파를 받아내는 외로운 나무가 되어 감내한 세월이었다. 생전에 빛을 보지 못하고 세상을 떠남이 아쉬울 뿐이었다.

계절은 쉼 없이 흘러갔다. 오랜만에 고향 마을을 찾는다. 감나무 밑을 지나는데 툭 하고 힘없이 감이 떨어진다. 나무도 삶의 무게를 덜어내는 것일까. 부모님이 먼 길 떠나신 뒤에도 텃밭 울타리에서 형제처럼 얼굴 맞대고 살아온 감나무에 열린 감들이 환하게 익어간다.

주황빛 감을 보며 문득 아버지의 깊은 속내가 헤아려진다. 열정과 희망, 좌절과 안타까움이 배어있는 빛이 단맛으로 익고 있다. 옛일을 생각하며 한 입 베어 문다. 혀끝으로 아릿한 통증이 전해져 온다.

소풍 가다

관 뚜껑이 "쾅!" 하고 닫힌다. 눈을 감았다가 떠보았지만, 잔영이 남는 불 꺼진 방안과는 달리 캄캄하다. 빛 한 올도 허용하지 않는다. 완벽한 어둠이 죽음을 의미하는 느낌이다. 감각 센서가 꺼지고 어둠에 잠긴다. 팔다리에 힘이 풀린다. 경험하지 않은 두려움에 떨고 있는 나를 느끼면서, 다른 한편으로는 마음이 편안하다는 생각도 든다.

코로나19 이후 처음으로 가는 문학기행이다. 목적지는 전남 천봉산 대원사다. 아도화상이 창건한 고찰이다. 죽음을 체험하는 티베트 박물관이 있다.

연지문蓮池門 앞에 서자 문 안쪽에 매달린 왕 목탁이 이마를 친다. 내 안에 덕지덕지 묻은 먼지를 털어낸 듯 번뇌가 스러진다.

처음 닿은 곳은 티베트 박물관이다. 불교 신앙과 관계되는 유물이 전시된 박물관 지하에는 '목관'이 있다. 이곳에서 죽음이라는 순간을 체험해 보려고 한다. 인간은 반드시 죽는다. 죽음 체험은 나와 남이 둘 아님을 깨닫게 하고 영적인 성숙을 준비하는 해탈의 시간이다.

예정되어 있지만 언제 올지 알 수 없는 게 죽음이다. 유언장을 작성한다. 막상 쓰려고 하니 할 말이 떠오르질 않는다. 지금 잘 지내고 있는 자녀들이지만, 끝까지 형제지간에 우애 있게 잘 지내길 바랄 뿐이다. 달리 다른 소원이 생각 나질 않는다. '나는 무사히 사망하였다.'라는 순간을 가슴에 새겨본다. '죽음 체험순서'대로 죽음 놀이가 시작된다. 목관을 바라본다. 겨우 한 몸을 뉠 수 있을 만한 공간이다. 하지만 그 바닥은 깊이를 알 수 없을 정도로 가라앉아 보인다. 한 번 등을 누이면 다시는 뗄 수 없을 것 같기도 하다. 이것이 체험이 아니라 실제 죽음이라면 나는 관에서 나올 수 없으리라 생각하니 알 수 없는 두려움에 휩싸인다.

– 준비된 목관에 천천히 눕는다.

– 두 손바닥을 펴고 온몸의 긴장을 푼다.

– 내 잘못은 용서를 빌어 감정 소멸 시간을 갖는다.

목관에 눕자, 아무것도 가진 것이 없다는 생각 사이로 후회의 목록이 줄을 선다. 매사에 좀 더 잘할 걸, 효도할 걸,

조금 더 베풀 걸, 더 감사할 걸, 정신없이 뛰어다녔던 일에 덜 얽매일 걸 하는 후회가 가슴을 짓누른다. 지난 일들이 말라 부서져 가는 나뭇가지 같다.

눈을 감자, 찔레 꽃잎이 겨울눈처럼 흩날리는 것이 보인다. 검은 커튼 사이로 활짝 핀 찔레꽃숭어리 속에 어머니는 나비처럼 춤추며 환하게 웃고 계신다. '나는 이제 괜찮다.'라는 음성이 들려오는 듯하다. 효는 무언의 약속이었지만 부족한 부분만 내 가슴에 남는다. 더 잘해드리지 못한 후회가 내 속을 헤집는다. '어머니 은혜' 노래가 찌지직거리는 라디오에서 흘러나온다. 한평생 산다는 것이 찔레 꽃잎 生과 같다.

못다 한 효가 마음 깊숙이 자리 잡고 있나 보다. 누워만 계셨던 나무 장작 같은 어머니 진자리를 마른자리로 갈아드린 것이 효였던가. 그보다 큰 아픔을 헤아려 드리지 못한 빚진 가슴이 자갈처럼 절그럭거린다.

어느 한겨울 찔레 덤불 가시는 어머니 아픈 속을 단단히 후벼대고 있었다. 묵은 가지에 푸른 희망이 잘려나간 듯 뇌경색은 지울 수 없는 깊은 상처로 곪아갔다. 찔레는 다섯 번이나 잎이 나고 꽃이 피었지만, 한 번 시든 나무는 날이 갈수록 삭정이처럼 말라 갔다. 여섯 번째 하얀 찔레꽃잎이 흩날릴 때 어머니의 소풍은 끝이 났다.

어머니를 모시는 동안 얼굴 맞대고 다정다감하게 이야기 한 번 나누지 못한 내 가슴을 돌덩이가 짓누르는 것 같다. 생활이 어렵고 바빴던 그 세월들은 다시 불러 올 수가 없다. 내가 꽃꽂이하며 시들어가는 나뭇가지를 예술로 다시 살려내기도 하였지만, 단 한 번도 어머니 가슴에 꽃을 피게 하지 못했다.

관 뚜껑을 밀치고 다시 세상으로 나온다. 눈이 부시다. 돌담 옆으로 봄을 밀고 나온 찔레꽃이 반갑다. 꽃송이가 바람에 흔들린다. 흰나비가 꽃 무리 위에 가만가만하다. 대원사 풍경소리가 나지막하게 울려 퍼진다. 고요한 풍경 속에 알록달록한 옷을 입은 관광객들이 절 마당을 오간다. 아직은 소풍을 즐길 시간이다. 어쩌면 죽음이 예정되어 있기에 우리는 더 찬란한 오늘을 걷는지도 모른다. 나도 얼른 그들 사이에 섞인다.

녹색 향기

봄의 기척이 오감을 곤두세운다. 이웃집 정원에는 겨울 바람이 지문을 남기고 간 나뭇가지에 새싹들이 오물거린다. 입춘이 지나자, 봄이 솟아나는 땅이 술렁인다. 색이 누렇던 잔디가 연초록빛으로 봄소식을 전한다. 문득 울릉도 골계 마을 나물 밭에 햇살이 부채처럼 펼쳐져 있던 모습이 생생하다. 이맘때면 봄나물이 바쁜 손길을 밭으로 불러들인다. 무성하게 자란 나물 수확 철에 일손이 부족할 터이다.

그런데 현관 앞에 택배 상자가 놓여 있다. 울릉도에서 지인이 보내온 갖가지 나물이 나를 반긴다. 연녹색 몸짓의 향기가 물씬 풍겨온다. 울릉도에서 보약 같은 산마늘이라고 불리는 명이, 곰취, 취나물, 쌉싸래한 부지깽이나물 등 비탈진 밭에서 내 손으로 만졌던 녹색 나물이 눈앞에서 펼쳐진다.

이른 아침 꿩이 먼저 꽥꽥거리며 골계 마을을 순찰한다. 천근처럼 무거운 눈꺼풀이 짓눌러도 일어나 밭으로 나간다. 대부분 나이 많은 사람들이 농사를 짓는다. 밭에는 모노레일이 나물 봇짐을 실어 나르느라 요란한 기계 소리가 뱃고동처럼 울린다. 봄나물이 부드러운 연초록빛에서 진한 초록빛이 되기 전 이른 시일에 수확한다. 사람들은 시기를 놓칠세라 온몸에 시동을 켠 듯 일사불란하게 손을 바쁘게 움직인다. 몇 안 되는 사람들이 조를 지어 일한다. 나물을 뜯어 삶느라 푸른 연기가 굴뚝마다 감실감실 피어오른다. 장아찌를 담아서 택배를 보내느라 분주하다. 호미처럼 굽은 허리 펼 시간조차 허락하지 않는 푸른 초원으로부터 달크무레한 향기가 바닷바람을 타고 육지로 실려 나간다.

울릉도는 섬 한가운데 숲이 무성하게 우거진 외딴섬이다. 협곡 아래 가파른 산길이 이어져 있다. 바람 따라 지나가는 운무가 걷힌 비탈진 밭에는 먹음직한 녹색 나물이 펼쳐져 사람 손길을 붙잡는다. 우리나라에서 열 손가락 안에 드는 큰 섬인 울릉도에는 어업 외, 나물이 지역의 특산물로 손꼽힌다. 바다로 둘러싸인 섬에는 해풍 맞은 나물이 잘 자랄 수 있는 환경이다. 협곡에서 흘러내린 비옥한 토양에서 자라난 나물을 삶는 향기가 수증기를 타고 바다를 건넌다. 울릉도 특산물인 나물은 겨울 눈 속에서 견뎌낸다. 육지 나물보다 식감이나 향이 좋아 울릉도 나물은 약초와도 같다고 한다.

나는 몇 해 전, 나물 뜯는 일손을 돕다가 바쁜 손길을 멈추고 친구랑 성당으로 갔더니, 주일 미사 시간에 주임 신부님께서 서두 인사가 "나물 수확하시느라 수고가 많으셨습니다."라고 한다. 주민들 노고를 위로하는 걸 보면 농번기가 되어 농부들이 힘든 시기임을 알 수가 있다. 미사가 끝난 후 신자들에게 봄나물 가득 담은 비빔밥 한 그릇씩 나누어 준다.

고향 생각이 났다. 시골 마을에서도 나물은 건채乾菜로 저장하여 먹기도 했다. 봄이 아니더라도 사철 동안 밥상에 올랐다. 나물은 우리 몸 일부분이 되었을 것이다. 자연이 사람에게 이로운 줄 어렸을 적에는 몰랐다. 나는 재래시장을 즐겨 다닌다. 소쿠리에 얹혀있는 나물을 사기 위해서 오일장 날만 손꼽아 기다린다. 아주머니들의 굵은 손마디를 보면 어머니의 손맛이 그리워진다.

나물이 요즈음은 다양한 별미로 쓰인다. 울릉도가 고향인 노부부는 지금도 나물 농사를 짓는다. "예전에는 배가 고파서 나물밥, 감자밥, 옥수수밥, 곰피밥, 톳나물 밥을 해서 먹었다."라고 하신다. 구십 문턱에 서 있는 건강한 노부부 이야기처럼 울릉도 나물이나, 어릴 때 내가 먹었던 나물이 몸에 좋다는 생각이 든다. 나는 울릉도에서 풍성한 선물로 받은 나물을 삶아서 냉동 보관한다. 갖가지 나물을 섞어서 떡이나 빵을 쪄서 먹는다.

우리 집 밥상에도 울릉도 봄나물이 그득하다. 울릉도에서 실어다 준 녹색 향이 밴 나물을 질박한 그릇에 담아놓으니 어머니 손맛처럼 입안에 봄 향내가 물씬 난다.

내가 한 것이라고는

흙에서 나온 푸성귀가 파릇하게 차오른다. 사방으로 보이는 회색빛 건물 사이로 햇볕이 뜨겁다. 가뭄 끝에 단비가 내린다. 시들했던 초록빛 이파리가 금방 깨끼춤을 추며 생글거린다.

옥상 텃밭은 지역 구청에서 제공해 준 합성 목재로 만든 상자다. 그 속에서 작은 잎들이 세상 구경하겠다고 고개를 내밀고 올라온다. 화초 식구들도 벙글벙글 웃음이 묻어있다. 나팔꽃, 층층이꽃, 원추리, 아기 범부채, 붓꽃들이 자기네 땅이라고 뿌리내리고 산다. 이들은 아침이슬을 머금고 주인 발걸음 소리에 표정이 밝아진다.

해가 갈수록 텃밭은 무성해졌다. 씨앗을 심지도 않았는데 개춘을 앞두고 모종을 부어놓은 것처럼 자랐다. 하루가 다르게 쑥쑥 커서 줄기가 뻗고, 푸른 열매를 맺었다. 파란

줄무늬 열매가 불쑥 나와 반가웠지만, 한참 자라는 동안 무슨 열매인지는 몰랐다. 개구리참외였다. 날이 갈수록 열매는 굵어졌다. 지지대를 한 덕분에 덩굴이 잘 뻗어 나가 튼실하게 자리를 잡았다. 장소가 편안했는지 하루가 다르게 여물어갔다. 한 구덩이에서 한 소쿠리를 따냈다.

비옥한 흙의 마음을 읽고 음식 찌꺼기에서 발아한 모양이었다. 음식을 먹고 찌꺼기를 땅에 묻어준 것밖에, 따로 두엄을 주지 않았는데도 흙에 묻힌 종자는 잘 자랐다. 옛 어른들이 땅에서 자라는 씨앗을 보고 땅은 거짓말을 하지 않는다라고 하더니 맞는 말씀이었다.

호박 모종은 세 포기를 사다 심었는데 효자 노릇을 했다. 술술 잘 풀리는 실타래처럼 얼키설키 엮은 지주대에 걸터앉아 무럭무럭 자랐다. 수꽃과 암꽃이 노랗게 피더니 작은 호박들이 오롱조롱 매달렸다. 애호박은 부침개, 갈치찌개, 된장찌개, 호박나물 등 다양한 먹거리로 밥상에 올랐다. 이파리에 가려져 미처 발견하지 못한 몇 덩이는 누렇게 익었다. 깊게 골이 패어 하얀 분이 났다.

고추 모종을 심을 때였다. 땅속에서 자라는 녀석들도 다양했다. C자 굼벵이가 허연 배를 드러내고 굼실거렸다. 지렁이도 따라서 꿈틀거리며 흙에서 뒹굴었다. 어디서 생겨났는지 도마뱀도 함께 살았다. 그놈은 메추리알처럼 생긴 작은 알을 나무둥치에 까서 일가를 이루었다. 물기가 촉촉한 도마뱀은 시멘트 바닥이 싫어서인지 실내 계단으로 들어와 쉬고 있었다. 그들도 텃밭에서 공생공락共生共樂의 삶을 누리는 것을 보니, 자연이 새삼 경이로웠다.

올해는 고추 모종 두 판을 옮겨 심었다. 우리 집 식구들은 매운맛을 좋아해서 청양고추만 고집했다. 드문드문 심은 고춧대에 가지가 휘어질 만큼 고추가 매달렸다. 그렇게 많은 열매를 달고서도 가지가 부러지지 않는 것이 고마웠다. 농약을 안 쳐도 탄저병을 모르고 건강하게 자랐다. 비바람에도 굴하지 않고 윤기를 반짝이며 붉게 익었다. 탐스러운 고추를 광주리에 가득 따서 말렸다. 빨갛게 익은 고추는 기다림 끝에 가족들 양념거리로 보탬이 되었다.

오이 넝쿨은 성큼성큼 자라 지주대를 타고 올랐다. 마디마디에서 누에만 한 오이가 아싹아싹 좋알대며 자랐다. 거미줄에 매달린 이슬방울도 존재감을 과시했다. 흙이라는 생명력이 정직함을 보여주는 텃밭이었다.

텃밭을 하지 않을 때는 자연의 감사함을 잊고 지냈다. 시골에서 자랐지만, 직접 수확하는 재미는 처음 느껴보았다. 농사짓는 재미는 자식들이 자라는 모습을 보는 것과도 같았다.

토마토, 완두콩, 가지, 옥수수 등 옥상에서 자라는 농장

식구들이 많다. 먹으면 저절로 건강해지는 식자재가 옥상에서 무럭무럭 커가고 있다. 유기농으로 직접 기른 신선한 채소를 한 움큼 바구니에 담는다. 채소가 야들야들하다. 겉절이나 생채를 해먹으니 입안에서 혓바닥이 즐거워한다.

　사방이 탁 트인 옥상이다 보니 이 많은 수확의 일등 공신은 단연 자연채광이다. 내가 한 것이라고는 음식 찌꺼기를 묻은 일과 간혹 물주기가 전부다. 횡재도 이런 횡재가 없다. 홉으로 주고 말로 받았다. 이렇게 너그러운 자연의 셈법 덕분에 나의 텃밭에는 늘 풍요가 넘쳐난다.

4

툭하면 삶의 가치관이 흔들릴 때가 있다.
그럴 때면 산사에 든다.
...

영남알프스산맥에서 콸콸 흐르는 물소리와
숲에서 불어오는 청신한 바람이
내 안의 번민을 씻으라고 귀띔한다.
계곡을 내려보고 있자니 현재 이 순간을
지워버리는 물이 부러워진다.

설악에서 꽃잠 자다

설악산 공룡능선은 가을풍경이 아름답기로 소문나있다. 적국 각지에서 모여드는 사람들로 붐빈다. 우리도 그들 속에 일부가 된다. 대화는 없어도 함께한다는 자체만으로 이미 동반자다.

추석이지만, 코로나19가 계속되고 있다. 정부는 '몸은 멀리 있어도 마음은 가까이'라는 구호를 내걸었다. 거리 두기 2.5 단계가 발표된 후, 자녀들은 각자 집에서 보내기로 하고 우리 부부는 결혼 50주년 기념을 핑계 삼아 명절 여행을 나섰다. 앞만 보고 달려온 남편은 고희가 지나도록 직장에 다녔다. 평소에 '캠핑카'를 타고 다니는 여행이 꿈이었지만, 그 꿈은 잠시 접어 두었다. 캠핑카는 아니지만, 타고 다니던 차에서 숙박하며 여행하자고 제안했다. 금혼식을 앞두고 이 여행계획은 인생 황혼 길에 새로운 흥미로

다가왔다.

차박 할 예정이다. 차에 차양을 치면 처마가 있는 집이 된다. 새로운 거처를 찾아 떠나는 유랑민처럼 설레지만, 어디에 둥지를 틀 것인지, 마음속엔 불안감이 따라온다. 우리가 거처할 곳이 어디에 있을까. 차 안에서의 숙박을 시도하는 것만으로도 우리는 아직 청춘이라고 믿는다.

어둑새벽 길을 나선다. 녹엽이 어느새 홍엽을 앞세워 골이 패인 내 얼굴을 보고 눈 흘긴다. 주책없이 따라나선다고 눈치를 주는 것 같다. 올가을에는 유난히 비 오는 날이 많다. 추풍낙엽이 될 단풍잎이 선명하게 눈에 들어찬다. 떨어지는 잎은 한해살이의 마지막을 암시한다. 자연이 빚은 이치가 신비할 따름이다. 자연은 버릴 건 버릴 줄 안다. 사람들도 자연의 이치를 배우려 여행을 하는 모양이다. 설악산 자락을 감고 돌며 차들은 거북이걸음이다.

백담사계곡 오토캠핑장을 숙소로 정한다. 배정받은 위치가 넓지 않지만 오늘 보금자리가 주어지니, 마치 이사한 첫날처럼 마음이 바빠진다. 정해진 공간마다 차와 텐트로 채워져 있다. 젊은이들 깔깔대는 웃음소리가 천막 밖으로 새어 나온다. 마음이 비눗방울처럼 들뜬다. 이웃 텐트에서 건너오는 라면, 불고기 냄새는 야영 분위기를 북돋운다. 여기저기서 야외 상차림이 한창이다.

강원도 산골짜기 밤은 기온이 낮다. 침낭을 깔자, 차 안은 잠자는 방이 된다. 시곗바늘을 되돌려 놓은 느낌이다. 마음은 아직 청춘에 머무른다. 차양을 친다. 이동식 간이 식탁에 상차림을 한다. 그를 처음 만났을 때, 앞섶이 뜨겁게 달아오르던 그 시절이 엊그제 같다. 함께한 세월로 반생이 지난 지금 불꽃 같은 청춘기를 되돌릴 순 없지만, 이 여행을 좇아가면 희미한 옛사랑 그림자와 마주칠 것 같다. 넌지시 주위 젊은이들처럼 불 밝혀 분위기를 잡아 본다.

만찬의 시간이다. 또 다른 이웃에서 나는 바베큐 냄새로 야영 분위기는 무르익는다. 이동식 식탁을 펴고 준비해 온 포도주로 분위기 있게 "아직은 청춘이다. 건배."라고 외쳐 본다. 차양 끝에 매달린 백열등이 바람에 흔들린다. 마음도 덩달아 춤을 춘다. 그래, 흔들려야 청춘이다. 캠핑장이 들썩거렸고, 장대비도 마구 흔들거린다. 그 속에서 우리도 하나가 된다.

밤새 비는 쏟아진다. 산과 산이 마주한 산골짜기, 밤하늘 한가위 달빛은 비구름 속으로 숨어 버렸지만, 빗방울은 화음을 맞추며 차 지붕을 "또 딱 또 도닥" 갖가지 음색으로 연주한다. 비 오는 밤 환상적인 빗방울 독주회, 관객이 되어 귀를 기울인다. 세상은 어둠 속에 갇히고, 외등 불빛이 차 안까지 새어든다. 불빛 사이로 키 큰 자작나무 이파리가 '하롱하롱' 떨어진다. 자작나무와 잎 사이로 빗줄기가 은실처럼 빗금을 친다. 회색 캔버스에 물방울을 뿌린 듯 눈이 시리다. 산골에 내리는 비는 힘찬 숨결로 토양 속으로 스며든다. 장단이라도 맞추듯 나뭇잎은 비바람과 함께 춤을 춘다. 캠핑장이 조용해진다.

백담사 골짜기에서 초롱초롱한 별빛 공연을 보려는 우리에게 비구름은 훼방을 놓았지만, 빗소리 공연도 그에 못지않게 분위기에 사로 잡힌다. 젊은이들이 각자 텐트에 내건 네온사인 조명이 별빛 대신 반짝인다.

캠핑장 새벽은 고요하다. 멀쩡히 집을 두고도 사람들은 캠핑장에 모여 밤을 새우고 있다. 시간에 얽매였던 직장인들, 촌각이 아까운 연인들, 소중한 가족들이 모여든 장소에 겨우 구름을 뚫은 빛살 몇 줄기가 비쳐든다.

튼튼한 지붕이 사라지고, 단단한 벽이 없어지고, 단지 좁은 차 안에서 지낸 밤, 오랜만에 우리 부부는 서로 가까이에서 등을 맞대고 꽃잠을 잤다. 내가 너를, 네가 나를, 좀더 따뜻하고 절실하게 바라볼 수 있는 마음, 그것이 젊음이 아닐까 하는 생각이 스친다. 괜히 돌아누운 남편 등 위로 이불 한 자락 끌어다가 덮는다. 몸은 개운하지 않지만, 차박은 청춘이다.

무등산 주상절리

해발 1,000m 정상에서 만나는 주상절리는 절경이다. 바닷가 파도에 깎이고 닳은 주상절리는 자주 봤지만, 산정에 형성된 주상절리는 처음이다. 그것은 흡사 산으로 올라온 파도처럼 일어서 있다. 자꾸만 입이 벌어진다. 산이 주는 의외의 즐거움에 무거워진 발걸음도 한결 가벼워진다.

매번 산을 오를 때마다 목적지를 향하는 여러 갈래 길을 고민하게 된다. 이번 무등산 등반은 원효 분소에서 꼬막재로 가는 길을 선택한다. 산길은 평지보다 꼬불꼬불한 길이 잔재미가 있다. 등산로 초입에 숲 학교가 있어 왠지 입학하는 아이처럼 가슴이 설렌다.

무심하게 눈길 가는 곳마다 싸리꽃이 지천이었다. 여름 산은 온갖 생명들의 소리로 빼곡했다. 키 큰 참나무에 붙은 매미 소리는 숲 밖으로 기세를 떨쳤다. 남편과 앞서거니 뒤서거니 올랐다. 땀에 젖은 그의 등을 이정표 삼아 걷다 보면 출렁거리는 어깨가 나무처럼 보였다. 아니 여전히 뜨거운 항로를 열어가는 배 같기도 했다. 산을 오르는 우리도 바다에 선 등대 같다고 상상하면서 혼자 웃다 보니 멀리 정상이 보였다.

무등산을 대표하는 3대 주상절리는 광석대, 입석대, 서석대, 산봉우리 쪽을 바라보는 눈에 담긴 기묘한 풍광에 도취 되어 힘든 줄 모르고 정상을 향해갔다. 눈을 뗄 수 없는 광경에 심장박동이 빨라졌다. 숨을 참아가며 바라보았다. 표준화 설비를 갖추어 찍어낸 듯 다각형 형상이 정교했다. 불필요한 것을 드러낼 때 완벽한 작품이 탄생한다던 미켈란젤로의 말이 생각났다. 풍파와 세파를 걸어 나온 당당한 위용이 장엄하게 다가왔다.

감탄사를 늘어놓으며 앞서 걷던 나는 남편을 설핏 돌아본다. 아마도 내가 쏟아내는 감탄사에 그의 감탄사가 메아리로 돌아오기를 기대했는지도 모른다. 아, 표현하지 않는 게 우리식 표현임을 잠시 잊고 있었다. 애써 말하지 않아도 올라간 입꼬리가 말을 하고 있지 않은가.

정상에서의 여유도 잠시, 힘들게 올라온 길을 다시 내려갈 준비를 해야 한다. 내려갈 길을 선택하기 위해 남편은 한참 동안 이정표를 보고 있다. 그사이 잘 알지도 못하면서 내가 끼어든다. 좀 전에 전문 산악인처럼 보이는 남성에게 물어본 걸로 한마디 거든다.

"서쪽 바위 밑으로 뻗은 길이 하산하기에 좋다네요."

"사십 년이나 산에 다닌 사람을 뭐로 보는 거요?"

벌처럼 쏘아붙이는 남편의 대답이 돌아온다. 불쑥 남편과 나 사이에 우리의 키를 넘는 주상절리가 솟은 듯하다.

남편은 내 말에 마음이 상했는지 지금껏 웃음기 가득했던 얼굴에서 핏기가 가신다. 중동에서 갈라진 무등산옛길로 내려온다. 오를 때와 달리 내려올 때는 짐짓 떨어져 앞서 걷는다. 불편한 감정만큼 거리 두기를 하며 7km를 내려온다. 가끔 마음이 쓰여 슬쩍 돌아보면 남편의 모습은 여전히 딱딱하게 각이 져 있다.

우리는 이제 어디에도 이력서 내밀 데 없는 노인이 되었다. 그렇다고 지난날 짱짱했던 자존심이 다 허물어지지는 않았다. 높고 험한 산이라도 번번이 등반을 거뜬하게 해내는 남편이었다. 젊은이의 발걸음에도 뒤처지지 않았다. 그런 남편에게 내가 한 말이 조언이 아니라 참견으로 들렸나 보았다.

남편은 끝끝내 말이 없다. 남편을 믿지 못하는 아내가 하는 말에 이해가 엇갈려 오해가 되는 순간이었다. 서로 묵시하며 지나온 시간보다 지금의 서운함이 큰듯하다. 서로 생각 차이가 벌어졌을 뿐, 별일 아니었는데 한 번 각이 진 마음은 좀처럼 누그러지지 않았다.

움츠러들면 응어리지기 마련이다. 주상절리는 오랫동안 참았던 무등산의 말 한마디인지도 모르겠다. 아득한 옛날 뜨거운 용암 평탄면이 동시에 냉각되면서 그 표면에서 여러 방향으로 균질적인 수축이 일어났다. 모든 물질은 식으면 수축하는 경향이 있다. 사람 마음도 젊음의 열정이 식으면 움츠러든다.

주상절리 출현이다. 그러다 용암 한 줄기가 식은 표피를 뚫고 솟아오른다. 그동안 움츠렸던 에너지이다. 급작스레 솟은 용암은 차가운 대기에 직각 방향의 균열을 발생시키며 굳는다. 아직은 땅속에서 그대로 굳어버리고 싶지 않았던 무등산의 자존심이다.

해가 기울고 있다. 우리 등 뒤 정상에서는 편광을 받은 주상절리가 번쩍이겠지. 짐짓 말은 없지만, 남편도 알 것이다. 주상절리를 머리에 인 무등산처럼 내가 남편을 자랑스러워한다는 것을. 그의 깊은 마음속에 용암처럼 흐르는 열정을 느끼고 있다는 것을. 남편에게 닿은 햇살이 반사되는지 내 앞에 노을빛이 점점 붉어지고 있다.

산이 좋아 산으로 간다는 그도 나에게는 산인 것을….

장터목 귀한 손님

추억 한 조각 천왕봉에 얹어놓고 예약한 숙소에 들어선다. 장터목 게스트하우스 주인은 세 사람을 보고 희한한 조합이라고 한다. 여태껏 처부모와 사위가 숙박하는 사람은 처음 있는 일이란다.

구름도 쉬어 가는 천왕봉으로 등반을 나선다. 중산리 생태 탐방로는 이른 아침부터 사람들로 북적거린다. 조용한 산길에 드는 시간, 사방에 쭉쭉 뻗은 나무들이 빼곡하다. 건들장마가 오락가락하더니 장난치듯 금방 햇살이 내비친다. 불볕더위를 보낸 나뭇잎은 윤기를 잃고, 드문드문 보이는 단풍잎 사이로 시원한 바람과 그늘이 아직은 좋다.

초가을 숲속에 등산객들 웃음소리가 왁자하다. 비탈길을 오른다. 골짜기 흐르는 물소리도 정답다. 나도 숲속에서는 나무 같은 마음이 된다. 산사 목탁 소리에 장단 맞추는 듯 리듬을 타고 걷는다. 상큼한 바람이 묵은 때를 씻어 내린다. 빼곡한 나무 사이로 조각난 하늘만 보인다.

우리는 지리산 중턱에 있는 아리랑고개를 지난다. 아리랑은 경사가 심하여 붙여진 이름이다. 가지마다 초록색 거미들이 옴실옴실 매달려 살아가고 있다. 우리도 거미줄처럼 맺어진 인연이 아닌가. 사돈, 딸과 손주들은 우리를 끈끈하게 이어준다. 그는 평소에도 성격이 원만하여 타인에게 배려하는 편이다. 걷는 틈틈이 우리를 살핀다.

다릿돌을 건너간다. 숲속 풍경은 저마다 아기자기한 이야기를 뿜어낸다. 사위는 한라산 백록담을 가족끼리 다녀온 후 등산에 취미를 붙인 걸까. 우리나라 두 번째 고지를 향한다. 고요하던 산속에 산새들 울음소리가 간간이 들려올 뿐 한적하다. 첩첩산중에서 아이들처럼 "우와 우와"하며 감탄사를 토한다. 지리산 골짜기가 초행이라 신기한 듯 살핀다.

어느덧 개선문에 도착한다. 뒤돌아보니 겹겹의 산이다. 눈이 호사를 누린다. 가파른 계단을 오른 후에야 천왕봉 표지석이 가까워진다는 것을 알게 된다. 변덕스러운 날씨다. 앞서가는 사람 어깨 위에 운무가 금실금실 감돈다. 마치 구름 위를 걷는듯하다.

비탈길을 땀을 뻘뻘 흘리며 천왕봉 정상에 올랐다. 수묵

화처럼 구름이 산등성에 깔려있다. 점점이 이어놓은 산과 산줄기 능선이 눈 앞에 펼쳐진다. 지리산을 오르지 않았다면 볼 수 없는 풍광이다. 우리는 어린아이 마음이 된다. 사위가 천왕봉 표지석 아래를 굽어보며 말한다. "역시 산 중의 산 지리산 정상이군요!" '쉬운 길 말고 어려운 길에 진리가 있다.'라는 말이 생각나는 모양이다. 그걸 깨우치려면 힘들지라도 그림자와 함께 걸을 수밖에….

고개티를 지나온다. 올라온 만큼 내려갈 일만 남는다. 제석봉에 발을 옮겼을 때다. 까마귀 다섯 마리가 머리 위를 맴돈다. 등산객들의 배낭에 먹이가 궁금한 모양이다. 통천문을 나와 점심때가 되자 장터목산장으로 사람들이 몰려온다.까마귀도 먼 발치에서 비행중이다. 땅콩 한 줌 놓아주고 하산을 서두른다. 어찌 평탄한 길만 있으랴. 하산은 언제나 조심스럽다. 너덜 길 돌부리가 조심하라는 신호를 보내주어도 몇 번이나 넘어질 뻔한다. 모두가 조심스러운 발걸음이다. 앞서서 걸으며 행여 사위에게 피해가 되지 않을까 노심초사하며 내려온다. 한참 내려오자 골개물이 소용돌이치는 것이 보인다. 앞서가던 젊은 부자는 웅덩이에 첨벙첨벙하고 들어간다. 보기만 하여도 시원함이 느껴진다. 땀에 범벅이 되었지만, 우리는 물속으로 들어갈 엄두도 못 내고 내려오는데, 산중에 전화벨이 울린다. 게스트

하우스 주인 목소리가 들려왔다. "샤워하고 가세요."

　새벽녘에 퇴실했는데…. 서울 말씨에 천성이 상냥하고, 서글서글한 사위의 모습이 좋아 보였던 모양이다. '백년손님' 덕분에 세 얼굴에 밝은 웃음꽃이 핀다.

채색 속에 들다

가을 담으려 길을 나선다. 새벽에 신흥사에서 보니 벌써 설악산 천불동계곡 산등성까지 랜턴 불을 켜고 가는 등산객들이 보인다. 그들은 첫닭 울음소리 듣고 출발했을까. 먼 산등성이에 아련한 불빛이 별빛처럼 반짝인다.

이마에 켠 전등불이 어둠을 밀어낸다. 투명한 물결이 계곡을 굽이돌아 흐른다. 나뭇잎이 바위틈새 따라 소용돌이에 빨려든다. 산 중턱에 거대한 바위가 솟아있고, 산줄기마다 폭포가 하얗게 부서져 내린다.

설악산 산줄기에 석상 같은 바위들이 우뚝 서서 이산 저산 아우러진 계곡을 내려다보고 있다. '천불동계곡'은 강원도 속초에 있는 양쪽 계곡에 솟은 봉우리 모양이 천 개의 불상을 떠올리게 한다고 하여 붙여진 이름이다. 올라갈수록 단풍이 아름답다.

나뭇잎이 불꽃을 피운 듯 활활 타는 느낌이 든다. 자연은 잠깐의 망설임도 없이 오색영롱한 물감으로 천불동계곡을 덧칠해 놓았다. 단풍이 빠르게 물들어간다. 빛의 속도를 따라가듯, 오가는 세월 먼발치에서도 가을의 속도가 보인다. 눈이 휘둥그레진다. 내 가슴에 잔잔한 파문이 인다. 구름 사이로 비친 햇살이 바위 사이에 물든 단풍을 환하게 밝힌다. 가을의 풍경에 취하고 또 취한다.

　많은 등산객이 붐비고 있다. 붉은빛을 끌어올린 단풍을 구경 하는데 가을비는 그칠 줄 모르고 추적추적 내린다. 비 맞은 단풍잎은 더 선명하다. 산 아래로 형형색색의 잔치가 펼쳐진다.

　설악산에서 가장 높은 대청봉 정상을 향하는 특별한 경험을 보탠다. 빗줄기가 호흡을 멈춘다. 판초를 벗어 배낭에 넣는다. 까만 얼굴에 하얀 이가 드러나듯, 거짓말처럼 산봉우리 위에 걸렸던 구름 뭉텅이가 바람에 날아가 버리고 맑은 하늘이 나타난다. 높은 산에 오르니 가슴에 가두어 둔 사소한 잡념을 바람이 시원스레 업어가 버린다.

　대청봉까지의 중간지점을 지난다. 조금 더 올라가며 우리는 희운각 대피소를 지나친다. 이제 지난봄에 왔던 공룡능선 앞이다. 공룡능선의 깎아지른 듯한 절벽에 서 있는 단풍나무는 한 폭의 산수화로 풍경이 장대하다. 산 위에서 내려다보는 절경은 숨을 헉헉거리며 오르지 않고서는 자세히 볼 수 없다. 내려다보면서 나도 누군가 눈에 들어오는 사진 속 풍경처럼 추억되고 싶은 가당찮은 상상을 내본다. 욕심을 채우기보다 떠날 줄 아는 낙엽을 닮고 싶다.

사방에는 산등선을 따라 기이한 형상을 한 기둥 모양 바위들이 수문장처럼 등산로를 지키고 서 있다. 깎아지른 절벽과 계곡으로 구성된 천불동계곡 절경은 가을을 앞세워 자연을 홍보하러 나온 광고주 같다. 양식장에서 갓 나온 붉은 조가비처럼 화려한 단풍잎에 사람들은. 저절로 환호하며 감탄사를 토한다.

재촉한 발자국만 남기고 소청, 중청, 대청봉 넘어와 하산 길에 이른다. 첩첩산중 출렁이는 숲속 가을풍경을 가슴에 담아서 내려온다.

석양은 어느덧 기우스름히 등 뒤로 넘어가고 있다. 나만이 귀한 열정을 품어낸 가을 풍경을 눈으로 즐기며 가슴속에 품는 홍복을 누리는 것 같아 미안한 마음이 든다. 힘든 산행을 마치고 내려오니 마음이 한결 가든가든하다. 바람에 떨어진 여러 가지 고운 빛깔의 낙엽이 계곡물 따라 뒤집히며 떠내려간다.

설악산 단풍에 오래 머물고 싶다.

산사에서

산허리를 타고 흩어지는 운무에 새벽이 일어선다. 고요에 잠긴 산사, 뭇 생명들이 잠에서 깨어나는 시간. 범종 소리가 우리를 절집 마당으로 불러들인다. 인적이 끊어진 산골에 물소리가 요란하게 들린다. 함께 밤을 지새웠던 친구와 샛별 총총한 새벽하늘을 보며 스님 뒤를 따른다.

새벽어둠 속에 얼굴을 드러낸 생명들도 신심이 났는지 예불 소리에 귀를 기울인다. 범종 소리, 북소리, 목탁 소리가 새벽 경내에 스며든다. '예쁜 눈을 갖고 싶거든 남의 예쁜 점을 보거라.'하는 글귀는 그야말로 내 가슴의 문을 두드리는 목탁 소리다. 한적한 산사에서 이런 기회를 누릴 수 있다니.

감성이 메마른 도시를 벗어나 밀양 토굴 마을에서 보내는 한적한 펜션 생활은 새로운 삶의 재충전이 된다. 새들의 노랫소리에 나무 잎사귀들도 춤을 춘다. 계곡을 흐르는 물은 이끼가 낀 바위를 타고 저마다 다른 울림으로 소리를 낸다. 고요한 산속에 메아리가 되어 골짜기에 울려 퍼진다. 옷깃만 스쳐도 인연이라고 하듯 산중에서 지내다 보면 자연스레 사찰과 가까워진다. 돌담에 앉은 불두화가 산봉우리 위에 구름처럼 몽실몽실하다.

불두화가 피면 사월 초파일이 가까워진다. 이즈음 나오는 조팝나무꽃, 보리수, 수국 등을 사용하여 법당에는 꽃 장식을 장엄하게 한다. 특별히 아기 부처님 모실 관욕대에 화려하게 꽃을 꽂는다. 연둣빛과 흰색, 극낙조화, 작약꽃은 다른 색을 방해하지 않고 서로를 아우른다. 아기 부처님 머리 위, 오브제를 이용하여 세운 아치 위에 조화롭게 꽂은 꽃꽂이가 장엄하다. 그 앞에 서면 신도들은 저절로 두 손을 모으게 된다. 오랫동안 부처님 전에 꽃꽂이를 해 왔던 나를 보고 어느 보살이 "죽더라도 그 손은 떼어놓고 가소."하는 재치 있는 농담에 대답 대신 한바탕 웃어 넘긴다.

표충사는 임진왜란 때 승병을 일으켜 공을 세운 사명대사의 공덕을 기리고자 세운 호국 성지다. 이곳에 표충서원을 세우고 표충사라 칭했다. 예불 소리가 끊긴 오후 두 시 수충루 앞에서 숲속 음악회 '호국의 소리' 산사 예술제가 열렸다. 우리 고유의 몸짓을 담은 무대에서는 승무, 퓨전 국악, 호국 무용, 가요메들리, 성악, 판소리가 울려 퍼졌다. 평소에 염불만 우렁우렁하던 스님이 육성으로 뽑어내는 성악은 불후의 명곡이었다.

말로만 듣던 산사의 음악제는 축제 분위기로 후끈 달아올랐다. 어깨를 들썩이는 사람들처럼 숲속 나뭇잎도 따라 춤을 추었다. 풀잎, 곤충, 활짝 핀 불두화도 합장했을 것이다. 대자연과 함께하는 화합의 장이 되었다. 좌선만이 기도가 아니라는 생각이 들었다.

밀양 영남알프스 산인 재약산, 천황산으로 오르는 등산로가 보인다. 가끔 내가 다녔던 곳이다. 산 위에서 내려다본 표충사에는 수려한 경관이 화폭처럼 신비스레 출렁이고 있었다. 나뭇잎들이 바람에 펄럭이고, 잔가지는 바람이 부는 대로 누우며 서로를 기댄다. 돌이 굴러가는 소리, 새소리, 바람 소리에 흠뻑 젖어 든다. 꽃도 나무들도 사람 손길 없이 바람이 손이 되어 가지를 쳐준다. 나무에 기대선 나는 오늘만큼은 바람이 된다.

불두화 꽃말은 '제행무상'이다. 나무들은 시시각각 변하는 사계절을 거치면서 서로를 건드는 바람 소리를 들으며 그 자리를 지킨다. 툭하면 삶의 가치관이 흔들릴 때가 있다. 그럴 때면 산사에 든다. 나 자신을 돌아보며 대광전 맞은편 우화루 툇마루에 앉는다. 영남알프스산맥에서 콸콸 흐르는 물소리와 숲에서 불어오는 청신한 바람이 내 안의 번민을 씻으라고 귀띔한다.

계곡을 내려보고 있자니 현재 이 순간을 지워버리는 물이 부러워진다. 흐르는 물처럼 새벽 예불 소리가 이어진다. 숲으로 둘러싸인 토굴 마을에서 가슴속 때를 씻는다. 쏴쏴 쏟아지는 물소리가 스님 법문처럼 들리는 이곳이 정토이리라.

나무들이 하는 말

겨울 끝자락, 뒷산을 오른다. 앙상한 나목이 겨울을 벗어나려 한다. 숲의 모습은 잠이 든 듯 고요하다. 우거진 숲에서 위를 올려다본다. 곧게 뻗은 나무가 힘차다. 손에 잡히는 나뭇가지가 쉽게 꺾이지 않고 잘 휘어진다. 나뭇가지에 물이 오르고 있는 모양이다. 봄이 머지않다는 신호다. 자세히 보니 나무의 꽃눈과 잎눈이 숭숭하게 피어오른다.

코로나로 인해 유난히 긴 겨울이다. 나무 둥치에 걸린 햇살이 잔가지를 어루만진다. 허기진 생각들을 떨쳐버리고, 산속에서 맑은 기운으로 가슴을 채워본다. 답답하던 가슴이 확 뚫린다.

햇빛이 비치는 산기슭에 붉은 해가 성큼성큼 내 등 뒤를 따라온다. 암자에서 들리는 목탁 소리, 계곡 물소리, 새소리를 엮으며 숲속에 나무들이 소곤소곤 봄을 속삭인다. 소나무에서 나는 진한 송진 냄새가 향긋하다.

금정산 위에서 바라보이는 해운대 앞바다와 광안대교는 그림 같은 풍경으로 다가온다. 파도 소리를 귓전으로 당겨본다. 산줄기에 바람도 잠잠하다. 산에 올라와 내려다보면 더 넓은 시야가 내 세상 같을 때도 있다. 심호흡을 깊게 하며 "우와"하고 외쳐본다.

떨어진 낙엽을 밟는 소리에 옛 추억이 되살아난다. 특히 소나무 솔가리는 불쏘시개로는 일등 공신이다. 옛 산골에서는 귀한 대접을 받던 솔가리가 지천으로 깔려있다. 아궁이에 넣고 불을 붙이면 활활 탄다. 그 위로 장작을 얼기설기 놓으면 벌겋게 달구어지고, 따뜻한 방에서 도란도란 이야기가 익어가던 시절이 되살아난다.

솔잎은 이태마다 옷을 갈아입는다고 한다. 늘 푸르기만 한 소나무도 새 옷이 필요한 모양이다. 나는 얼마간 지나면 새 옷을 갈아입게 될까. 오늘 아침, 카톡에 '우리는 십 년 뒤에 뭘 하고 있을까.'라는 친구가 보내온 문자에 가슴이 출렁거린다.

수필가 박양근 선생은 「숲엔 그들이 산다」(『백화화쟁』) 라는 수필에서 사람을 수필나무라고 표현했다. '숲에는 사람이 산다. 푸르고 착하고 순한 사람들이 산다.'라는 말이 가슴에 와 닿았다. 나도 살아있는 나무들이 하는 말을 들으며 새롭게 살고 싶어진다.

그 많은 나뭇잎을 떨구고 서 있는 나목들은 자식을 다 키운 어머니 마음처럼 두툴두툴한 살결을 드러내며 안도의 숨을 내쉰다. 나뭇잎과 나뭇가지는 만남과 헤어짐을 되풀이한다. 겨울이 지나간 숲속 생명들은 태양의 열기가 달아오르기를 기다린다. 잔가지 끝에 맺힌 꽃망울이 여행 떠난 엄마를 기다리듯 고개를 내밀고 있다.

코로나로 인해 소상공인들과 형편이 어려운 사람들은 난방비를 아끼느라 꽃봉오리처럼 몸을 오므리며 추위 속에서 오들오들 떨고 지내며, 따뜻한 봄이 오기를 기다릴 것이다.

금정산 산책길은 실핏줄처럼 가느다랗게 이어져 가는 곳마다 가르마 같은 오솔길이 나 있다. 나에게는 신천지나 다름없다. 사색하기 좋은 등산로다. 부산대학교에서 삼십 분이면 오를 수 있는 곳이다. 호젓한 숲속 길을 걷다 보니 톡탁톡탁 울림이 들린다. 딱따구리가 포르르 바람을 일으키며 날아간다. 올려다보니 고사목에 둥근 구멍이 조각가 손으로 다듬은 듯 정교하게 나 있다. 이들도 봄을 기다릴 테지.

바위틈으로 가지를 뻗은 오리나무에 초롱초롱한 아기 눈망울 같은 꽃눈이 틔는 소리가 들린다. 바위를 가득 덮은 이끼가 융단 같다. 여기저기 돌 위에서 이끼는 햇살과 마주하며 동한冬寒에도 파란색 옷을 입고 있다. 바위 틈에 낀 헐벗은 나뭇가지는 세찬 바람에도 끄떡없다.

산 위에서 부는 바람이 메아리가 되어 금정산 골짜기에 울려 퍼진다. 나무들은 봄을 향해 손짓 춤을 춘다. 이 춤을 보고 어찌 봄이 오지 않을 수 있을까. 나도 팔을 벌리고 흔들어 본다. 아, 봄은 그냥 오는 것이 아니었구나. 살아있는 나무들이 하는 말을 듣고, 저만치에서 한 발짝 봄이 다가오는 소리가 난다.

폭포의 상생

한여름, 밀양 표충사 입구부터 아름드리나무들이 하늘을 가려 그늘을 만들고, 계곡에서 흘러내리는 물소리가 거침이 없다. 숲속 산책길을 걷다 보면 오르막이 계속된다.

그렇게 산을 오르다 보면 절벽에서 떨어지는 크고 작은 폭포들이 보인다. 그 아래로 소가 있다. 맑은 하늘 아래 우람하게 요동치며 떨어지는 물줄기가 난타를 친다. 바라만 보아도 가슴이 시원해진다. 사자평 고산 습지 끝에서 떨어지는 옥류동천 물길이 걷는 사람들 발길을 잠시 묶어놓는다.

층층폭포 물줄기가 힘차게 내뻗는다. 암벽에 꽃무지개가 출몰한다. 기암절벽에서 쏟아지는 물줄기는 한 폭의 비단 같다. 무지개 아우라 속으로 들어가 정수리부터 폭포를 맞고 싶은 욕구가 밀려든다. 숨을 고르고 잠시 눈을 감고 있으니, 거대한 폭포 두 개가 떠오른다.

아르헨티나의 '이구아수 폭포'는 원주민 과라니족의 언어로 큰물 혹은 위대한 물이라는 뜻이다. 비행기에서 내려다보이는 거대한 물 기세는 천하를 뒤흔들 것 같았다. 물의 위력이 무섭게 느껴졌다. 폭포는 물보라를 쉼 없이 뿜어냈다.

절벽 위에서 뭉게구름도 관광객을 따라가며 동행자가 되어 움직였다. 쌍무지개도 덩달아 겹치며 반원 안으로 우리를 불러들이는 듯했다. 전망대마다 병풍처럼 펼쳐진 폭포는 그야말로 장관을 이루었다. 장엄함에 놀라움, 그 자체였다. 양 사방에서 내리치는 물 폭탄 꽝음 소리는 지축을 울렸다.

자욱한 물안개가 비옷 사이로 스며들어 금방 몸이 다 젖었다. 낭떠러지에 폭포가 곤두질 쳤다. 물보라가 내 얼굴에도 튀어들었다. 끝없이 밀려오며 어마어마한 힘으로 떨어지는 물소리는 야수 울음소리처럼 야멸차게 들렸다.

우리 일행은 배를 타고 폭포수 아래를 한 바퀴 돌았다. 물보라가 배를 탄 관광객들 머리 위로 흩뿌려졌다. 올려다보니 언덕에서 밀려드는 폭포수와 함께 큰 바위가 굴러떨어질 것만 같았다. 하지만 호기심을 뿌리칠 수는 없는 일이라 겁에 질리면서도 노 젓는 배에 몸을 맡겼다. 이국만 리까지 찾아온 나에게는 물세례도 축복이었다. 쌍무지개 가 여기저기 마치 폭죽처럼 선을 그으며 이구아수강에 걸 쳐놓았다. 처음 보는 풍경이었다.

그 가운데에 악마의 폭포는 하이라이트였다. 높이가 80m 강물이 곤두박질쳐서 영혼을 뺏는다는 뜻으로 악마 의 목구멍이라 불렸다. 악마가 입을 짝 벌려 삼킬 것 같은 기세였다. 괴성을 지르며 요란한 폭음을 쏟아냈다. 엄청난 물의 향연에 소름이 끼칠 정도였다. 악마 목구멍에서 쏟아 지는 물의 박력에 압도되었다. 원자폭탄이 연상되었다. 시 꺼먼 버섯구름 같았다. 다양한 각도에서 떨어지는 압도적 인 폭포 소리와 물방울 안개가 품어내는 모습은 신비롭기 만 했다. 거센 물줄기 앞에서 인간이 얼마나 작은 존재인 가 하는 생각이 들었다.

또 다른 하나는 아프리카에 있는 '빅토리아 폭포'다. 아 프리카에는 우기와 건기가 있는데, 우리는 건기에 맞춰 갔 다. 빅토리아 폭포 입구에 들어섰다. 덤부렁 듬쑥한 숲에 는 이 폭포를 처음 발견한 '데이비드 리빙스턴'의 동상이 늠름하게 지팡이를 짚고 있었다. 그 모습이 인상적이었다. 그는 빅토리아 여왕 이름을 따서 이 폭포를 '빅토리아 폭포'라고 칭했다.

　폭포는 어마어마한 넓이로 펼쳐져 있었다. 깎아지른 절벽 위에서 낙하하는 물줄기가 굉음을 냈다. 물방울들이 자유의지로 낙하하는 것처럼 보였다. 그 호쾌한 낙하에 가슴이 뛰었다.

　협곡이 너무 깊어서 멀리서 보기만 하여도 아찔했다. 폭포가 흐르는 강은 잠베지강이고, 빅토리아 폭포는 상상을 초월할 길이로 커튼처럼 협곡에 걸쳐있었다. 폭포에서 이는 물보라는 계곡 자체를 환상적인 풍경으로 만들었다. 신의 손길이 느껴질 정도였다.

　하루 일정 마치고 호텔 뷔페식으로 저녁을 먹었다. 세계적인 요리가 다 모인 듯했다. 그 다양한 요리 중 악어요리에 관심이 쏠렸다. 사파리 여행 중에 강가를 어슬렁거리던 악어가 자꾸만 눈에 밟혔다. 혐오스러웠지만, 슬그머니 입에 넣었다. 생각보다 그 속살은 부드러운 생선을 먹는 느낌이었다. 그래도 자꾸만 빅토리아 폭포에서 점프하는 듯한 악어들이 눈앞을 지나갔다.

　이구아수 폭포, 아프리카 빅토리아 폭포와 밀양 영남 알프스에 있는 층층폭포는 제각기 다른 모습이다. 지형도 다르고 물 속도와 양, 빛깔도 다르다. 층층폭포는 그 규모 면에서 다른 두 폭포와는 비교가 되지 않는다. 그렇지만 층층폭포는 아기자기한 모습으로 정다운 눈맛을 즐길 수 있다.

　폭포는 물줄기가 용감하게 떨어져 내림으로써 끝없이 순환하는 원동력을 얻는다. 위에서 아래로, 아래에서 위로 물은 순환한다. 폭포에서 떨어져 내린 물은 뭇 생명을 적시며 흐르다가 다시 하늘로 오른다. 오늘 나는 밀양 층층폭포 앞에서 잠시 순환의 상생을 생각한다.

5

밤새 흔들렸을 부표를 따라
자신들도 끝없이 흔들리고 넘어지면서
일어나 바다에 선다.
어부들은 수심 깊은 동해에서만
자라는 붉은 보석을 밤새 건져 올린다.

文魚와 文語

죽도시장 어물전은 활기가 넘친다. 질펀한 바닥에 장화 신은 사람들이 왁자지껄 소란스럽다. 비릿한 냄새가 물씬 풍긴다. 먼바다에서 잡혀 온 활어가 고객들 눈길을 끌어당 긴다. 수족관 유리 벽에 빨판을 붙이고 있는 큰 문어도 보 인다. 동해에서 수족관으로 옮겨온 어떤 놈은 눈을 지그시 감고 이 상황을 헤아려 보는 듯하다. 그중 한 놈이 눈에 들 어온다. 흥정이 이어지고 지갑을 연 손님이 문어를 받아 든다. 주인이 바뀌는 순간이다.

어물전에서 십여 년간 세월을 보냈다는 김씨 아주머니 는 고물거리는 문어를 치켜들고, 값을 물어보는 나에게 말 한다. "요놈은 뼈도 없는 생물이 참 영리하디더. 어쩌다 손 에서 미끄러져 놓치면 머리를 치켜들고 왔던 길을 어떻게 기억하는지. 꼭 바다 쪽으로 달려가더구먼요."라고 덧붙인다.

얼마 전 지인을 통해 문어잡이 하는 배를 타는 체험을 했다. 아침부터 저녁까지 어부의 삶을 엿보게 되었다. 파도 따라 흔들리는 스티로폼으로 된 표적은 녹색 신호등 같았다. 넓은 바다에서 그 가벼운 것이 어부들에게 이정표가 되었다. 쉴 틈 없는 바다 위에서 어부는 문어가 든 통발을 반가운 손님 맞듯 했다. 먼저 던져 놓았던 통발은 건져 올리고, 또 다른 통발을 넣으며 만남과 배웅을 거듭하였다. 통발에는 싫든 좋든 희비애락이 함께 들어있었다.

밧줄에 매달린 통발을 끌어 올릴 때 손에 닿은 감각으로 어획량을 감지할 수 있지 싶었다. 잡힌 문어들은 물통에서 거품 꽃을 뽕뽕 뿜어냈다. 문어 색은 붉은 갈색빛에서 흰빛으로 변하기도 했다. 좁은 공간에서 빠져나갈 궁리를 하더니 이내 숨 고르기를 하는지 빨판을 모으고 조용해졌다.

文魚는 복잡한 뇌를 가졌다고 한다. 장기 기억과 단기 기억을 지니고 있으며 시행착오를 통해 문제 해결을 익힌다는 것이다. 한 번 어떤 문제를 해결하면 기억하는데, 비슷한 문제가 생겼을 경우 그 기억을 소환한다고 한다.

언제부터인가 文語라는 글월 문자가 내 마음속으로 비집고 들어왔다. 어떤 문체에 골몰하다가 나만의 문어라고 생각하는 선생님을 찾아 나섰다. 그에게는 촌철살인의 비결이 숨어있을 것 같았다.

나는 어부같이 바다에서 문어를 잡듯 글을 건져내고 싶었다. 늘 책을 들고 다녔지만 내실 없이 겉멋만 들어있는 것을 깨달았다. 文語가 가슴에서 출렁거렸다. 미지의 망망대해를 향해 노트북 앞에 앉아 손가락으로 자판을 두들겼다. 그러나 문어는 늘 미끄러지며 내 손에서 벗어났다. 갈지자를 그리며 허둥대기만 하였다.

선장에게서 문어 잡는 법을 배우고 싶었다. 나만의 문장을 찾아 나섰지만, 넓고 모호한 바다에 내린 내 통발에는 쓸모없는 언어들이 걸려들었다. 이름도 모르고, 먹을 수 있는 것인지도 분명치 않은 잡다한 물고기들이 잡혔다. 채 자라지 못한 치어들로 가득 차기도 했다.

손가락 끝이 아릴 때쯤이면 가끔이나마 진득한 빨판 같은 게 딸려 올라오기도 했다. 文語를 찾은 기쁨은 큰 文魚를 낚아 올린 어부의 마음이지 않을까.

글을 쓰며 오래된 기억을 끄집어내 보았다. 文魚 먹물로 쓴 글씨는 오래도록 변치 않는다고 하니 나도 그 먹물에 찍은 문장 하나를 쓰고 싶다. 언제가 되어야 읽는 이의 가슴에 오래도록 남을 글 한 편을 세상에 내어놓을 수 있을까. 찐득한 빨판을 기다리며 자판을 향해 다시 손가락을 뻗곤 했다.

수족관에서 나온 文魚 빨판이 주인 손등에 찰싹 붙는다. 어쩌면 문어의 끈질긴 생명력은 포기를 모르는 수백 개 빨판에서 나오는 힘인 것은 아닐까. 내가 바라는 文語도 희망을 놓지 않는 손끝에서 나오리라. 깊은 바닷속 갯바위 틈에 몸을 낮추어 사는 文魚와 나 사이에 가느다란 줄 하나가 이어지는 순간을 그려본다.

바다의 땀 냄새

하루해가 저물녘, 성인봉에 걸린 거대한 해기둥이 저동항 바다를 비춘다. 온통 황금 가루를 뿌려놓은 듯 붉은 줄무늬가 부챗살처럼 번뜩인다. 정박한 어선의 집어등이 일제히 바다를 향하고 있다. 낮부터 낚시채비를 한 오징어배들이 검푸른 바다에 꽃잠을 반납하고 출항을 서두른다.

울릉도 오징어잡이는 주로 밤에 이루어진다. 출항을 서두르는 배에 등불을 밝히고 불빛 다발 따라 모여드는 오징어를 잡으려고 먼 바다로 나간다. 삶의 터전을 향해 엔진소리와 함께 뱃머리가 물거품을 밀어내며 떠난다. 내 눈은 불빛이 희미할 때까지 따라간다.

울릉도가 고향인 지인은 낚싯줄에 낚시를 여러 개 달아 조획기를 손으로 돌려서 오징어를 낚는다. 그는 밤마다 채낚시에 오징어가 연달아 걸려 올 것을 기대한다. 채낚싯줄

끝에는 언제나 간절함이 배어있다. 때마침 굴비처럼 엮어진 오징어가 줄줄이 낚아지면 순식간에 배 안에 있는 수조가 가득 채워지기도 한다고 말한다.

육지의 삶에도 온갖 시련이 있는 것처럼 바다에서 강한 폭풍우를 만나기도 했을 것이다. 그는 30년간 오징어 채낚시를 했다. 악마같이 달려드는 거친 파도 따라 뱃전이 마구 흔들릴 때가 왜 없었겠는가. 그래도 포기하지 않고 험난한 바다 위에서 숨 가쁘게 달려온 어부다.

한밤중 선상에서 라면에 오징어를 넣어서 허기진 배를 채운다고 한다. 물레를 수동으로 돌리는 그는 어깨통증을 쫓을 틈도 없이 팔을 움직인다. 바다는 졸음도 쉽게 허락하지 않는다. 선원들과 달그림자를 물속에 빠트리며 수면 아래 오징어를 끊임없이 뒤쫓는 동안 어느새 희끄무레한 새벽이 밝아오면 적든 많든 잡은 어획물을 싣고 선착장으로 돌아온다.

새벽, 저동 앞바다는 붉은 해가 차오르고 있다. 홍도화 빛으로 태양은 바다를 누르고 잔잔한 윤슬로 부드럽게 반짝인다. 새벽에 돌아온 어선을 괭이갈매기가 먼저 반긴다. 저동항은 괭이갈매기의 날갯짓으로 분주하다. 사람이나 날짐승이나 풍족하기를 바라는 마음은 같을지도 모르겠다. 괭이갈매기도 오징어 한 마리를 덥석 물고간다. 울릉도에서 처음 본 광경이다.

　밤새 선장은 고뇌와 긴장감을 늦출 수 없었을 것이다. 오징어 무리를 쫓아다니고, 도망가는 오징어 뒷모습만 보았을지도 모른다. 오징어 한 마리에도 어부들의 정성이 담겨 있다.

　돌고 도는 물레처럼 삶의 이유를 바다에서 찾는다. 가족을 위해 쉬지 않고 바다에서 시간을 보낸 그들이다. 물에서 갓 나온 오징어는 상자째 위판장에 깔린다. 경매가 시작된다. 산 오징어는 횟감으로 나가지만, 대부분 할복 후 건조하여 수매한다. 아주머니들은 젖은 손길로 일당을 길어낸다. 어물로 밥을 먹는 사람들의 삶에 깃든 애환 섞인 손놀림이다. 날마다 새벽이면 물기 젖은 손으로 하루를 시작한다.

　지인은 살아 있는 오징어 네댓 마리를 주며 "회 쳐드세요." 한다. 비닐 주머니째 할복하는 아주머니께 주었더니, 어느새 팔딱팔딱 숨 쉬는 소리가 짚불 꺼지듯이 사라지고 알몸이 되어 내 손에 들려있다. 그의 눈은 피로로 충혈되어 아침햇살에 비친 바닷물결처럼 붉다. 나는 오징어가 든 비닐봉지를 바라본다. 밤새 바다라는 땅 위에서 출렁거렸을 한 남자의 모습이 물결처럼 일렁인다. 밤잠을 반납하고, 허기진 배를 라면으로 채운 그가 봉지째 내민 오징어는 더 이상 오징어가 아닌, 바다의 짠물이 배인 보물 같다.

특히 울릉도 오징어는 마른오징어, 오징어불고기, 오징어 내장탕이 되어 기꺼이 방문객의 지갑을 열게 한다. 어쩌면 어둠을 물리치며 바다를 걷는 사람들이 흘린 땀방울이 쫄깃하고 짭조름한 오징어 맛을 내는 건 아닌지. 문득 오징어 특유의 냄새가 바다의 땀 냄새 같다.

구룡포에는 날마다 해가 뜬다

창문을 열고 귀를 기울인다. 파도가 차르르 차르르 밀려온다. 캄캄한 바다, 수평선 너머로 불빛을 앞세운 고깃배가 구룡포항으로 들어온다. 바다에 몸을 맡긴 사람들은 만선을 채웠을까.

바닷가 숙소에서 희붐히 밝아오는 빛을 쫓아 밖으로 나간다. 어둑새벽 바다는 잠을 깨느라 푸른 등대 아래 몸을 뒤척인다. 구룡포 항구에는 짐을 실은 큰 배들이 물살 위에 일렁거린다. 사람들이 모여든다. 선박 불이 하나씩 꺼지면서 아침을 재촉한다.

어부들은 깊은 바다에서 건져 올린 홍게를 육지로 내린다. 선주는 상자에 담긴 굵은 집게발을 보고 서 있다. 망망대해에서 기진맥진했겠지만, 어획량을 바라보는 눈빛은 흐뭇해 보인다. 수심에서 뭍으로 나온 홍게의 검은 눈에서

빛이 난다. 붉은 색깔이 참 예쁘다. 돌 지난 아기가 곤지곤지 재롱을 부리듯 집게발이 꼬무락거린다. 경매장에 나란히 내려놓자, 홍게 등에 붉은 햇빛이 와 닿는다. 햇살이 퍼지듯 공판장이 밝아진다.

그러고 보니 한밤중에 잡혀 온 홍게는 동해의 해를 닮았다. 바다에서 떠서 하루를 보낸 해는 긴 밤을 다시 깊은 바다에서 보내는지도 모르겠다. 밤을 새운 홍게는 바다에 잠긴 해로부터 붉은빛을 빨아들였을까. 해가 돋을 무렵 바다에 부서져 내리는 그 붉은 빛 조각마저 받아먹었나 보다. 태양이 바다에서 솟아오르듯 바다에서 퍼 올린 홍게의 빛이 강렬하다. 망망대해에서 어부들이 건져낸 희망의 빛이다.

고요하던 공판장에 상인들이 모여든다. 새벽 5시가 되자 수협 직원들이 나왔다. 경매가 시작되자 암호 같은 말들이 오간다. 일반인들은 알아들을 수 없는 암호로 수신호를 하고, 중개인과 상인들만 손짓과 눈짓으로 가격을 흥정한다. 어떻게 되어 가는지 짐작조차 할 수 없는 사이에 한차례 소동이 끝나고 만다. 상인들은 경매받은 수산물을 손수레에 싣는다. 그들은 희망을 안고 경매장을 빠져나간다. 왁자지껄하던 경매장이 순식간에 조용해진다. 곧이어 괭이갈매기들이 날아와 남은 잔치를 벌인다.

바다에서 격랑을 이기고 돌아온 어부들 눈이 홍게처럼 붉다. 억센 파도 위에서 자신을 다스리지 않고는 그 일을 할 수 없었을 터이다. 깊은 바다에 드리워진 통발은 밤새 어둠 속에서 흔들렸으리라. 우편번호도 없는 망망대해, 그러나 그들은 스스로 좌표를 찾아 나선다. 밤새 흔들렸을 부표를 따라 자신들도 끝없이 흔들리고 넘어지면서 일어나 바다에 선다. 어부들은 수심 깊은 동해에서만 자라는 붉은 보석을 밤새 건져 올린다.

길거리 간판에는 붉은 게 조형물이 해처럼 걸려있다. 가게마다 찜솥에서 김이 모락모락 난다. '당일 조업한 산지 직송'이라는 글귀가 눈에 띈다. 수족관에 빼곡히 들어찬 싱싱한 게들이 붉은 집게발을 들어 미식가들을 불러들인다. 제철이라 그런지 택배 상자가 높은 조형물처럼 쌓여있다. 구수한 냄새가 항구도시를 가득 메운다. 청정해역 특산물인 만큼 비싼 값으로 팔려나간다.

우리가 머물렀던 민박집에는 갓 잡은 홍게가 수족관에서 손님을 기다린다. 뜨거운 김으로 쪄서 그런지 껍질은 더욱 붉다. 붉은 갑옷 속에 숨겨진 흰 속살이 우리 입맛을 사로잡는다. 풍미가 입안에서 춤을 춘다. 바다에서 떠오른 또 다른 해가 내 안으로 들어오는 것 같다.

어느덧 창밖에는 화살촉 같은 햇살이 날카롭게 쏟아진

다. 높이 오른 해가 바다를 윤슬로 뒤덮는다. 숨 가쁘게 살
아온 일상에 쉼표 같은 하루가 펼쳐진다.

홍게가 있는 한 구룡포에는 날마다 수많은 해가 뜬다.

따개비 칼국수

울릉도 도동항에 도착한다. 여객선에서 간식을 먹었지만, 배가 출출하다. 아담한 섬마을 식당 간판에 낯이 선 글자가 눈에 띈다. 따개비 칼국수다. "남의 속에 든 글도 배우는데, 이것도 못 하니?" 웃으시며 해주시던 어머님표 칼국수가 생각이 난다. 남편은 비빔밥, 나는 따개비 칼국수로 점심을 먹는다.

따개비는 암초, 말뚝, 배 밑에 흡근처럼 붙어서 산다. 다닥다닥 이웃이 많다. 밑바닥에 살면서 굴하지 않는 독립적인 존재다. 풍랑주의보가 내려도 미동이 없다. 숨을 쉬는지 안 쉬는지 움직이는 기미도 보이지 않는다. 오랜 침묵 속에서 숨 쉬는 화석 같다.

식당 앞 바닷물에 섬산 경치가 일렁인다. KBS 울릉도 기지국을 지나 성인봉을 향해간다. 해맑은 공기 방울이 뚝

뚝 떨어지는 느낌을 받는다. 비탈길은 농사에 지친 어머니들 등줄기같이 굽어있다. 국수 국물만큼 시원한 나무 그늘에 선다. 녹색등이라도 켜져 있는 듯하다. 눈이 시리도록 푸른 바다가 펼쳐진다. 섬산을 오르는 길은 국수 가락처럼 늘어져 있다.

성인봉에 도착한다. 첩첩산중과 푸른빛 바다를 눈앞에서 마주한다. 너나없이 먹고 사는 일이 녹록지 않았던 시절, 바다는 대가 없이 내어주는 어머니의 품이다. 자식들 책가방 되었던 바다생물들, 이 멋진 경치가 치열한 삶의 현장일 수도 있겠다는 생각이 든다. 멀리 평지가 보인다.

내리막길은 협곡낭떠러지로 사람 발걸음도 뜸하다. 험한 길을 헤치며 간다. 수호신 같은 '국수 바위'가 병풍을 펼쳐 놓은 형상이다. 살펴보니 주상절리에는 주름치마처럼 세로로 주름이 잡혀있다. 국수 가락을 널어놓은 듯하다. 이러니 국수 바위라 하는구나.

태양이 서서히 기울 무렵, 남양 마을이 가까워진다. 삼십 년 동안이나 국수를 삶아서 파는 소문난 태양식당으로 들어선다. 간판 앞쪽에는 주방이 있고, 옆으로 들어가야 입구가 나온다. 식당 메뉴판에 따개비론 만든 비빔밥, 죽, 칼국수 중에 색다른 칼국수를 주문한다. 국수 색깔이 독특하다. 두메부추를 갈아서 반죽한 칼국수는 녹색으로 신록

맛을 느끼게 한다. 파르스름한 면발과 국물 맛은 삼십 년 역사를 지닌, 오래된 장맛을 닮았다고나 할까. 뚝심 있게 일하며 불퉁그러진 손마디에서 나오는 맛이다.

우리 집에서 해 먹던 안동 손칼국수가 생각난다. 어머님도 국수 솜씨가 좋았다. 밀가루, 생콩가루를 섞어 알맞은 비법으로, 반죽을 뭉쳐 안반 위에 놓고 홍두깨질을 시작한다. 홍두깨는 넌출넌출 춤을 추며 반죽을 밀어낸다. 반죽은 순식간에 보름달처럼 둥글어진다. 첩첩이 개어 날렵한 칼질이 지나가면 국수 가락이 된다. 노릇한 콩 칼국수 가락은 물결을 치며 싸릿대 광주리에 펼쳐 놓는다.

육수가 슬슬 끓는 솥에 감자, 호박, 부추, 배춧잎 등을 숭숭 썰어 넣고 칼국수 가락을 넣는다. 일순 잦아든 국물을 한소끔 더 끓이고 양념간장을 곁들이면 칼국수가 완성된다. 국물 맛이 담백하고 시원하다.

나는 어머님표 콩 칼국수를 흉내 낼 수가 없었다. 숨은 비법을 몰라서인지 툭하면 반죽이 무르거나 되거나 했다. 홍두깨질도 어설퍼서 달라붙거나 갈라져 버렸다. 그럴 때면 어머님은 홍두깨를 받아서 밀기만 하면 넓적한 둥근 명석이 뚝딱 나타나곤 했다. 칼국수 만드는 달인이셨다. 팔팔 끓인 국수를 이웃 사람들과 나누어 먹으면 방안에서 웃음소리가 왁자하게 높아졌다. 쌀이 귀한 시절 밀가루는 허기진 배를 채워주는 식자재로 출출할 때 콩가루를 넣은 칼국수는 식구들 입맛에 으뜸이었다.

칼국수 집주인 손등에 따개비 주름처럼 잔주름이 가득하다. 산다는 것은 바다처럼 축축한 외길 인생에서 비롯되지 않나 싶다. 바닥에서 일어나는 힘은 지극한 노력에서 비롯된다. 그러니 국물에서 깊고 시원한 맛이 나는 건 당연하지 않을까. 삶의 진미는 따개비처럼 외길을 걷는 데서 오는 것인지도 모른다. 울릉도에서 칼국수 한 그릇으로 그리운 어머님 손맛을 느낀다.

누구나 바짝 엎드린 채 밑바닥에 비비고 살아본 사람은 안다. 파도가 철썩일수록 끈질기게 달라붙는 생의 힘을.

갈매기 남편

돋을볕 사이로 꽃구름이 노닌다. 걸을수록 흥미로운 금 오도 비렁길을 걷는다. 괭이갈매기 서너 마리가 끼룩거리며 머리 위로 날아간다. 갈매기가 무슨 말을 하는 것처럼 귀가 솔깃해진다.

전화벨이 울린다. 지인의 컬컬한 목소리가 벼랑 끝으로 울려 퍼진다. 같은 업종으로 오랫동안 함께 일해 온 사람의 목소리가 반가웠는지 전화 받는 얼굴이 환해진다. 그는 평생 엔지니어로 살아왔다. 지방에 있는 중견기업에서 칠순 중반인 그를 불러낸다. 일선에서 후퇴해야 할 나이에 기능인으로서 다시 일할 수 있는 기회가 온 것이다. '백세 시대'라며 아직은 할 일이 있음에 만족하는 눈치다. 뿌듯한 표정을 짓는다. '다시 태어나도 기술자로 살고 싶다', 혼잣말로 중얼거린다.

직장은 집과 멀리 떨어져 있다. 일주일에 닷새는 지방에서 생활해야 한다. 호호백발에 '갈매기 아빠'처럼 서로 헤어져 살아야 한다고 생각하니, 새삼스럽다. 인생 어스름 길에 선 그는 다시 전쟁터에 나가듯 직업전선에 나선다.

우리는 오도이촌五都二村을 꿈꾸어 왔지만, 아직은 이루지 못했다. 대신 여행으로 충족을 시키려는 참이었다. 일흔이 넘은 나이에 퇴직한 후로 삼 년 차 국내 섬 산을 두루 여행하는 중이다. 금오도 비렁길 아래로 푸른 물결이 출렁거린다.

출근 날짜를 알려 온다.

남편은 출근하겠다고 답한다.

그의 기술에는 평생 녹슬지 않은 장인정신이 묻어있다. 주름살을 얻는데도 수많은 세월을 거쳐 왔다. 꿈은 평생 유효한가. 꿈이 현실이 되기도, 현실이 꿈이 되기도 하나 보다. 젊은 날 중소기업주였다가, 육십에 다시 직장생활을 시작하여 삼 년 전에 퇴직했다. 같은 직종으로 반세기도 넘는 세월을 건너왔다. 기름때 묻은 작업복을 다시 입는다는 건 제대 후에 군복을 입는 기분일 텐데, 노인은 청년처럼 책임감을 등에 지고 일하는 꿈을 꾸는 걸까.

그가 새 작업복을 사 온다. '갈매기 남편'으로 인생 3막을 꿈꾼다. 전 직장에서 퇴사할 때 받은 황금열쇠는 아직도 빛이 난다. 반짝이는 열쇠로 또 다른 노년을 열어가나 보다.

　장마가 끝나고 지쳤던 잎들에 생기가 돈다. 남편은 직장에 출근하는 아침이 새로운 모양이다. 파릇파릇한 젊은이 같다. 칸나꽃같이 붉은 혈기로 현장에 뛰어든다. 남편은 젊음을 되찾은 듯 청년처럼 기뻐한다.

　이제 우리는 갈매기 부부다. 기술은 나이와 상관없나 보다. 컴퓨터에 저장된 하드디스크를 꺼내 쓰는 듯, 가장 높이 나는 갈매기처럼 멀리 보는 법을 안다. 반세기 넘게 쌓은 비결은 기술뿐만 아니라, 감각적 능력에도 스며있다. 생산 현장이라는 바다에서 또다시 유영하는 갈매기가 되어 기능인으로 일한다는 것에 자부심으로 가득 차 있다.

　이웃집 가게 앞에 접시꽃이 까르르 웃으며, '할아버지 출근하세요? 조심해서 다녀오세요.' 하고 인사한다. 나도 못 이기는 척 "몸조심하세요."하고 배웅한다. 그가 출근하고 나니 여느 때와 달리 마음이 뒤숭숭한 하루가 시작된다.

　'기러기 아빠'가 아닌 '갈매기 남편'은 만년 기능인이다. 세월의 종착역에서 "나이 제한 없이 일할 거야."라고 꿈을 밝히는 그 눈빛이 초롱초롱하다. 가슴 속에서 갈매기 한 마리가 금오도 하늘 높이 난다.

의자, 길을 묻다

박호선

6

가위질은 스스로 겸손하지 못하고
비우지 못하는 존재들에게
가해지는 것이 아닐까.
제 잘난 맛에 사는 것으로 치면
사람도 꽃에 못지않다.
조금만 뜻대로 되어도
자기가 최고 인 줄 안다.

꽃, 손짓하다

봄꽃이 손짓한다.

벚나무는 낙엽이 지기 전부터 몸피에 멍울을 품었다. 그 멍울이 부풀어 꽃봉오리가 되고, 마침내 낱낱이 몸을 풀어 해산한다. 금정산 줄기마다 구름이 밀려들 듯 수북수북 핀 꽃들이 산꼭대기로 안개처럼 스멀스멀 기어오른다.

봄소식은 겨우내 웅크렸던 내 가슴을 열게 한다. 연분홍 꽃이 실바람 따라 움직이는 모습을 보면 나도 모르게 마음이 '덩실덩실' 춤을 춘다. 바람은 빠른 걸음으로 봄기운을 불어넣는다. 한목소리로 툭툭 터지며 함성을 지르듯, 피어나는 벚꽃은 사람들 눈길을 끄는 힘이 있다.

봄바람이 밀어 올린 꽃망울이 인연을 불러들이는 기운이 있었나 보다. 막내딸이 순산했다는 소식에 내 귀가 웃고 있다. 꽃집에서 일하는 나는 결혼식에 나갈 화환 제작을 직원에게 미루고 서울행 고속버스에 몸을 싣는다. 한 폭의 그림처럼 지나가는 마을마다 벚나무들이 마치 화환처럼 줄지어 있다. 사방에서 벚꽃이 '벙글벙글' 내 기쁜 마음을 축복해 주는듯하다.

어리게만 여겼던 막내딸은 산고를 겪고도 방긋이 웃는다. 누워있는 어미가 의젓하고 대견해 보인다. 새 생명과 초인사로 눈 맞춤 한다. 신생아 손목에는 청색 팔찌가 끼워져있다. 이목구비가 친가를 닮은 모습이다. 벚꽃잎을 닮은 여린 피부에서는 향기가 난다. '감동'이라는 태명처럼 가슴으로 행복이 밀려온다.

앨범 속 막내딸 어릴 때 모습이 바람처럼 스친다. 어린 몸에 버거운 스케치북을 들고 예쁜 모자를 쓴 아이가 서 있다. 진해 군항제에서 찍었던 사진이다. 꽃 무더기가 흰 구름처럼 뭉글뭉글 하늘을 덮었던 기억이 새롭다. 수령이 오래된 벚나무 터널 아래서 아장아장 걸었던 아이가 어른이 되고, 엄마가 되다니, 벚꽃이 휘날리는 꽃비처럼 감격이 밀려든다.

오래전부터 막내딸에게는 소중한 멍울 하나 있었을 것이다. 남편을 만나 사랑으로 키운 끝에 몽실한 꽃봉오리가 되었고, 마침내 활짝 피어 아기를 얻었다. 과거, 현재, 미래가 사랑으로 이어진 지금, 아기는 감동의 선물이다.

아파트 정원에 흐드러지게 핀 벚꽃잎이 비를 맞으며 간지러운 듯 수줍게 웃는다. 불빛에 비치는 촉촉한 꽃잎이 고즈넉해 보인다. 몇몇 꽃잎은 휘날리기도 한다. 비 오는 밤에 보는 벚꽃은 더 환상적이다. 지난 시간의 추억을 당겨와 흩뿌려 놓은 건 아닐까. 이런저런 그리움 속에 손주 얼굴이 떠오른다.

꽃시장에 갔더니, 좌대에는 봄꽃들이 지천이다. 벚꽃에 눈길이 멈춘다. 한 종류(一種生)로 화기 속에 소담하게 꽂아 보고 싶다. 잔가지를 잘라내니 나뭇가지에는 송이송이 꽃송이가 봄빛에 오롯하다. 정리한 꽃을 화병에다 꽂는다. 높고 힘찬 가지는 하늘을 표현하고, 편안하게 옆으로 뻗은 가지는 사람을 표현한다. 아기를 안은 팔처럼 우묵하게 낮은 가지는 땅을 표현하는 방식으로 꽃꽂이를 한다. 백자 항아리에 꽂힌 가지들이 어우러져 무용수가 춤을 추는 모습이다. 그 사이에서 손주 같은 꽃이 손짓하고 있다.

봄날이 여문다

"엄마도 할머니 된장 맛 배우면 좋겠어요."

이제 초등학교 3학년인 큰 손주가 제 엄마에게 청을 했다. 도시에서 태어나 그곳에서 줄곧 자란 아이가 된장에 깃든 어른들의 손맛을 알기라도 하는 것처럼, 집에서 장담 그기를 하란다. 자식을 이기는 부모 없다고, 팔십 일년생 막내딸도 슬그머니 자식 말을 따르기로 했다는 전화가 걸려 왔다.

옹기점에 갔다. 조형물같이 쌓인 항아리 중 약간 누런 빛에 눈길이 갔다. 옹기장이의 뜨거운 혼이 닿아 불길을 뚫고 나온 항아리들이었다. 그중 곡선이 곱고 매끈한 것을 골라 서울로 보냈다.

옥상에 있는 장독 뚜껑을 열어보았다. 정월에 담근 장 빛깔은 항아리 그림자와 햇볕이 섞인 커피색으로 출렁거렸다.

나는 오랫동안 친정에서 가져온 메주로 장을 담갔다. 어머니는 손수 농사를 지은 콩으로 만든 메주를 살붙이가 있는 곳이면 어디든 택배로 보냈다. 도가지 속 장맛은 묵묵히 걸어온 어머니의 세월이었다. 그 맛이 그리워서 이사를 자주 다니면서도 투박한 항아리를 버리지 못했다.

시작은 흙에서부터였다. 콩 씨앗을 밭에 심을 때부터 자식들을 생각했을 터였다. 손톱에 봉숭아 꽃물 대신 까만 풀물 든 손으로 한여름 내내 밭고랑을 맸다. 어머니 그림자가 콩밭에 스몄다. 그 정기를 먹고 콩대가 자라서 열매가 맺었다.

잘 여문 콩을 타작하는 소리가 멀리서도 들렸다. 도리깨로 휘두르면 콩은 튀어 떼굴떼굴 구르고 콩깍지는 입을 벌렸다. 멍석에 말리는 알곡들이 보기 좋은 듯 어머니의 얼굴이 환해졌다.

골목에서 공기놀이하다가 돌아와 보니 콩 삶는 냄새가 진동했다. 구수한 엄마 냄새였다. 가마솥 뚜껑으로 눈물샘이 터졌다. 그렇게 한참을 울며 익은 콩을 디딜방아에 찧고, 꾹꾹 눌러 메주를 만들었다. 처마에는 무청 시래기와 메줏덩이가 자매처럼 매달려 대롱거렸다. 햇볕과 바람에 여문 메주는 쩍쩍 갈라졌다. 금이 간 메주는 어머니의 주름진 손등 같았다. 군불 지핀 따뜻한 방을 차지한 메주에 흰곰팡이가 피면 어머니는 한시름을 놓았다.

넓은 대야에 소금을 녹여 메주를 넣은 항아리에 부으면 가장자리에 흰 소금꽃이 피어났다. 그런 날이면 이웃 단지도 소금물을 덮어썼다.

고향 집 장독간에는 운두가 높거나 낮은 단지들이 옹기종기 형제들처럼 모여 있었다. 배가 나온 항아리에 친정어머니 손등 주름살이 얼비쳤다. 그 속에서 보물처럼 간장, 된장, 고추장, 김치, 소금 등이 숨죽여가며 숙성되었다. 숙성이란 기다림의 연속이었다. 흙에서 콩과 메주를 거쳐 간장과 된장으로 우러나기까지의 기다림을 알 턱이 없는 손주의 주문이 새삼 기특했다. 장 담그려 서울로 향한다.

막내딸 집에 도착하니 고층아파트 베란다에 항아리가 생뚱맞게 웅크리고 있다. 나를 기다리는 것 같아서 반가운 마음이 앞선다. 어머니와 나, 이제 그 딸이 장을 담그게 되니 집안에 가풍을 이어가는 듯하다. 시중에 나오는 된장을 사 먹어도 될 텐데, 손주 녀석이 할머니표 된장 맛을 좋아한다니 더없이 기쁘다.

메주를 넣고, 소금물을 부어서 누름돌을 얹는다. 두 손주 보는 앞에서 항아리에 날달걀을 띄워보니 동전 크기만큼 둥둥 떠 있는 걸 보고 까만 눈동자가 동그래진다. 어머니 어깨너머로 배운 재래식 방법이다. 이만하면 편리하게 장을 담그는 셈이지만 이마저도 번거로워 피하는 요즘이다. 입맛이 변하니 옛것에 대한 추억도 잃어 가는 건 아닌지 아쉽다. 대추 몇 알, 숯, 고추 서너 개를 넣어 마무리한다.

한 달 후 막내딸의 밝은 목소리가 스피커폰으로 들린다. 수시로 장독 뚜껑을 열어준다며 하얀 곰팡이를 체로 건져낸다는 말도 덧붙인다. 항아리에 든 메주가 베란다에서 햇볕을 먹고 숙성되는 장면이 눈에 선하다. 간장, 된장 가르기를 빌미 삼아 또다시 막내딸 집으로 갈 채비를 한다.

식구들 정성 덕분인지 제 속을 우려내고도 메주는 빛깔이 먹음직스럽다. 간장을 떠내고 버무린 된장을 손주들 앞에 내놓는다. 새끼손으로 맛을 본 두 손주가 동시에 엄지를 척 치켜세운다.

"아주 맛이 좋아요."

장맛을 보면 그 집안 음식 솜씨를 알 수 있다는 말은 이제 다 옛날이야기다. 하지만 손주들 덕분에 그 옛날이야기가 잠시 되살아난다.

된장을 나눠 담는다. 딸아이 시어른께 드리는 통에는 감사의 꼬리표를 붙인다. 평소에 어리게만 보이던 딸 모습이 대견하다. 손주 말 한마디로 오지항아리 속에 정이 가득해

진다. 손주들이 이런 장맛을 오랫동안 기억했으면 좋으련
만, 익어가는 장맛을 따라 봄날이 여물어간다.

바닥

미용실에는 항상 손님이 많았다. 늘 평화롭게 보였으나 간간이 깊게 한숨을 뱉는 날도 있긴 했다. 아무도 그 속은 모르는 일이었다. 어느 구름에 비가 들었는지 모르듯, 겉으로 보이는 그녀는 성격이 활달하고 명랑한 편이었다. 부지런히 가위질하고 파마하는 손길이 바빴다.

우리가 만난 지는 오래되었다. 그녀에게 아픔이 있는 줄은 전혀 몰랐다. 언젠가부터 그녀가 몹시 수척해 보였다. 한숨도 잦아졌다. 머리 손질을 마치고 잠시 여유가 있는 어느 날이었다. 떨리는 목소리를 애써 가라앉히며 그녀가 이야기를 시작했다.

"경매는 생의 마지막 바닥으로 내몰리는 일이었어요." 땅에서 왕성하게 빨아올린 기운으로 맺은 열매의 진액이 말라비틀어져 버린 상태를 말한다며, 온기가 묻어있던 물건들이 하루아침에 산산조각으로 부서지는 허망함이란 이루 말할 수 없었다고 한다.

화목하던 가정에 싸늘한 겨울 한파가 불어 닥쳤다. 꽁꽁 얼어붙어 서로의 숨소리조차 차가웠다. 집행관은 아무도 없는 빈집에 들어와 붉은 딱지를 죄인의 표식처럼 붙여 놓았다. 냉철한 빚 앞에서 가구와 쓸 만한 물건은 모두 쓸어갔다. 바닥에 널브러진 옷가지와 손때 묻은 장난감만이 몸부림을 쳤을 뿐이라고 했다.

여기저기서 다시 빚을 얻어 일어설 궁리를 해보았으나 그마저도 쉽지 않았다. 설상가상으로 남편이 하는 일마다 빨간불이 켜졌다. 살얼음판을 걷는 심정으로 도전했으나 번번이 잘 풀리지 않았다. 빚은 산더미처럼 쌓였다. 그것이 목줄을 죄는 사슬이 되었다. 지옥 같은 날이 반복되었고 급기야 파산지경에 이르렀다.

이야기하는 동안 미용실에 싸늘한 바람이 나돌았고, 한순간에 터전을 잃어버리고 망연자실할 수밖에 없었을 것이다. 그녀는 극단적인 선택을 했으나, 타의로 살아나게 되었다고 말한다.

그녀를 일으켜 세운 것은 모성애였다. 미용가위를 손에서 놓지 않았다. 생의 끝자락으로 갔으나 자식을 바라보며 엉금엉금 기어서라도 삶을 개척해나갔다. 아버지의 부재를 사랑으로 채우며 얼룩진 세월 앞에서 두 남매를 사범대학까지 졸업시켰으니 대단한 일이었다. 둘 다 부부 교사로 사회일원이 되었다고 한다.

'진 꽃은 또 피지만 꺾인 꽃은 다시 피지 못한다.'라고 하지만, 어려운 형편도 뜻을 굳게 세우면 성공할 수 있다.

삽목이 된 가지가 척박한 땅에서 뿌리를 내리려면 아픔이 따른다. 나 역시 남편의 사업 실패로 바닥에 무너져 내린 적이 있다. 그곳에서 새 뿌리를 내리려고 무던히도 애를 썼다. 플로리스트가 꽃이나 나뭇가지를 물이 담긴 그릇에 꽂아 사람에게 기쁨을 주는 것도 꽃을 살리는 작업이다. 꺾어진 꽃이지만 사람의 마음을 즐겁게하는 매개체가 된다. 그렇게 나도 꽃가위를 손에 쥐고 그때의 경제위기를 극복할 수 있었다. 그녀와 나는 사람 마음을 기쁘게하는 직업이다.

그녀는 미용사가 천직이라고 했다. 그 천직이 바닥을 딛고 일어설 유일한 디딤돌이 되었다. 촛농 떨어지듯 속 타는 울음을 삼켰을 그 말속에는 쓰라린 가슴을 쓸어내리는 고진감래가 들어있었다.

살다 보면 크고 작은 인생의 위기를 만나기도 한다. 그 악재를 어떻게 견디며 극복해야 하는지가 문제일 것이다. 바닥을 디디고 일어선 사람들을 보면, 강풍에 휩쓸려 넘어졌다가 일어서는 풀잎 같다.

　지난날들을 뒤돌아본다. 모래알 같은 바닥에서 엎치락 뒤치락 반전을 거듭했기에 쓴맛과 단맛을 알게 되었는지도 모른다. 어쩌면 고통이라는 쓴 약이 연륜을 껴안고 삶이라는 바닥에서 다시 일어서게 했을 것이다.

　세월은 아픔에서 배우며 나이를 들게 하나 보다. 바닥에서 일어선 그녀와 동병상련의 감정을 느낀다. 다시 내린 뿌리는 튼튼하다. 바닥에 단단히 박혀있다. 이제 두 번 다시 내쳐지는 일은 없을 것이다. 그녀 손에 들린 가위가 날렵하게 움직인다. 바닥에서 우뚝 선 그녀를 응원한다.

꽃가위

꽃가위를 쥔다. 가위는 수북한 꽃 무더기 앞에서 사기가 오른 듯 두 날을 세운다. 나도 엄지손가락과 네 손가락에서 나오는 힘을 합친다. 가위의 본능은 자르는 것이다. 대가 긴 꽃 한 줄기를 집어 든다. 섬벅섬벅 꽃가위 날이 푸른 시간을 잘라낸다. 머릿속에 상상했던 작품을 떠올리며 높낮이 길이를 측정한다. 수직으로 솟은 큰 꽃부터 수평으로 누운 작은 꽃까지 꽃가위를 거치지 않는 꽃은 없다.

가슴에서 손끝으로 느낌이 전달되는 순간 자르기는 결정된다. 곁가지들과 어울리지 않는 꽃송이들을 잘라낸다. 방향이 틀어진 꽃송이가 고개를 꼬고 나를 바라본다. 한번 눈이 마주치면 선뜻 잘라내기가 어렵다. 그래도 결단은 필요하다. 오늘따라 꽃가위가 날개가 달린 듯 너무 잘 든다.

그저 취미생활 수준으로 꽃꽂이를 배웠다. 처음으로 꽃

을 손에 쥐었을 때가 떠오른다. 손가락을 타고 올라오던 서늘한 촉감과 코끝에 훅 끼치던 향기는 지금도 내 곁을 맴돈다. 그저 예쁘기만 한 꽃, 그냥 두어도 아름답기 그지없는 꽃이었다. 그런 꽃에 가위를 들이댄다는 게 마음 편치 않기도 했다. 막상 어떤 꽃송이와 줄기를 잘라낼지 망설여질 때도 많았다.

꽃은 식물이 피워내는 최고의 경지다. 한 송이마다 완벽한 우주가 깃들어있다. 그런데 꽃꽂이는 그저 꽃 한 송이를 꽂는 것이 아니다. 여러 가지 색깔과 서로 다른 형태와 다양한 소재들이 어우러져 만들어내는 특별한 향연이다. 그렇다고 여러 꽃을 모아 꽂으면 의외로 복잡하고 산만하다. 다들 제 잘난 줄 알고 양보 없이 제 모습을 드러낸다. 자칫하면 본모습마저 잃고 만다.

혼신으로 피워낸 꽃송이들이 어떻게 스스로 잘라낼 수 있단 말인가. 자존심으로 말하자면 누가 꽃을 따라오랴. 한 송이 꽃 앞에서 다른 꽃을 논할 수 없다. 그러니 누군가 나서서 잘라 주지 않으면 꽃들은 주위와 조화를 이루기 힘들다.

기꺼이 그 악역을 맡는다. 가위질은 스스로 겸손하지 못하고 비우지 못하는 존재들에게 가해지는 것이 아닐까. 제 잘난 맛에 사는 것으로 치면 사람도 꽃에 못지않다. 조금만 뜻대로 되어도 자기가 최고 인 줄 안다. 세상이 자신을 중심으로 돌고 있다는 착각에 빠진다. 우쭐우쭐 웃자라며 남의 영역을 침범할 때 어김없이 가위질이 시작된다.

자연에서도 늘 가위질이 행해지고 있다. 생명이란 무한히 뻗어 나가는 데에 그 속성이 있다. 봄에 싹을 틔운 잎과 줄기는 여름을 맞아 무성하게 자라난다. 나무뿌리가 서로 얽히고 촘촘한 잎들이 햇빛을 가린다. 모두가 지쳐갈 즈음 가을이라는 가위가 찬바람을 몰고 등장한다. 가차 없이 모든 꽃과 잎이 떨어진다. 숲이 텅 빈다. 허무를 느낄 정도로 남은 공간은 허전하다.

전시회를 앞두고 화훼농장 주인 허락을 받아 동백 나뭇가지를 잘랐다. 검붉은 동백꽃 송이가 땅바닥에서 뒤척였다. 괜히 마음이 황망해졌다. 경험해 보지 않으면 알 수 없는 것이 인생사였다. 나도 그 동백꽃처럼 잘려 떨어진 적 있었다. 활짝 핀 동백꽃처럼 풍성하고 화려했던 생활이었다. 주위의 부러움도 샀을 것이고, 간혹 나도 모르게 뽐내기도 했을 것이다. 그러던 중 외환위기라는 큰 가위가 나의 삶을 싹둑 동강 냈다.

사정없이 언덕 아래로 굴러떨어졌을 때, 바닥에서 일어설 수 있게 힘이 되어준 것은 꽃이었다. 취미로 배운 꽃꽂이가 본업이 되었다. 간판을 대신하여 꽃이 손님을 불러들였다. 세정그룹에서 하청업체로 등록해주었기에 바닥에서 일어설 수 있었다. 잊지 못할 인연으로 최선을 다할 것을 다짐하면서, 인연의 연결고리로 날마다 꽃을 자르며 여러 해를 지냈다. 차츰 손에 힘이 생겼다. 갈수록 손놀림이 능숙해졌다. 가위를 쥔 손이 춤추듯 예약받은 화환을 만들곤 했다. 한 손으로는 자르고 나머지 한 손으로는 기계적으로 꽃을 꽂았다. 그러면서 알았다. 잘라내는 것이야말로 성장의 시작이라는 것을.

아직도 자리를 내주지 않는 잔가지들을 자른다. 작은 꽃들과 소재들을 짧게 잘라 공간을 채운다. 완성된 화환을 이리저리 돌려 본다. 꽂힌 꽃들이 서로를 가리지 않으면서 각자 아름다움을 뽐내고 있다. 아니 오히려 옆에 있는 꽃을 돋보이게 한다.

꽃가위 덕분에 얻은 게 참 많다.

꽃, 이야기를 품다

　불을 켜자, 작업실이 환해진다. 여기저기 꽃들이 무더기로 놓여있다. 여린 꽃잎이 화들짝 놀랐는지 움찔거린다. 얇은 장갑을 낀다. 장갑 끝으로 바짝 자른 손톱에 촉감이 와닿는다. 꽃 앞에서 겸손해진다. 손가락에 밀착된 꽃들의 이야기를 전하려고 한다. 꽃꽂이의 형태는 플로리스트 손에 달렸다고 할 수 있다.

　꽃가지를 들고 사선으로 자른다. 꽃꽂이한 작품을 창가에 두고 차를 마시며 감상에 젖는다. 꽃향기에 햇살이 내려앉고, 오디오에서는 음악이 잔잔하게 흐른다. 일상에서 벗어나 마음이 꽃이 되는 시간이다.

　이십여 차례 단체전에 참가하며, 개인 전시회도 열었다. 꽃꽂이에 대한 지식을 익히고, 플로리스트로서 꽃집을 경영하였다. 탄생의 기쁨과 축연, 마지막 가시는 분께 바치는 꽃들로 유족들에게 위로를 전하는 매개체 역할을 했다. 다양한 꽃의 색상을 살리고 하나의 형태를 위한 색깔에 대한 감각으로 유행하는 디자인을 창조해냈다. 상품을 만들기 위해서는 구상을 먼저 하고, 용도에 맞는 소재와 색채를 고려해서 꽃을 골랐다. 꽃의 모양과 소재에 따라 구매가 달라졌다.

플로리스트는 각종 이벤트에 따라 부가 가치를 창출하는 직업이다. 경제난으로 어깨가 무거웠을 때, 꽃이 큰 힘이 되었다.

어려움이라는 속울음 속에서 '꽃은 웃어도 소리가 없고 새는 울어도 눈물이 없다.'라는 말의 의미가 가슴에 와닿았다. 화도花道* 덕분에 어려운 고비가 넘어갔다. 꽃은 누군가를 위로하고 기쁨을 끌어내는 마력이 있다. 꽃은 생물이기 때문에 소재 구매가 난감할 때가 더러 있었다. 이 또한 인연이 아닐지. 내 손에서 다듬어지는 꽃의 모양도 제각각이었다. 꽃의 생김새와 개별성이 있기 때문이었다. 과감하게 틀에 박힌 디자인보다 새롭게 비틀어서 제작해 보기도 했다.

잘하는 일과 좋아하는 일을 꾸준히 하는 게 쉽지 않다. 계속하려면 많은 열정과 사랑을 쏟아야 한다. 내 안에 갈증을 해소하기 위해 나만의 꽃 세계 속으로 빠져든다. 꽃

같은 마음을 가지고 싶다. 꽃이 피는 것은 유전자를 남기려는 것이다. 그 절정의 유전자를 내 마음에 새기고 싶다.

절제된 동양화 구도의 작품을 하기 위해 잔가지를 제거한다. 고전과 현대적인 분위기를 연출한다. 이질적인 소재와 꽃은 서로의 색과 모양, 크기에 따라 영향을 주며 상대를 더 돋보이게 한다. 절대적 가치를 넘어 상대적 가치를 창조하는 꽃의 선한 능력이다. 짧은 순간 스쳐 지나는 인연처럼 가시덤불 속에 핀 키 작은 꽃도 눈에 들어온다. 시절 인연이라고 하지 않든가. 지금의 인연은 소중하다.

화기에 평범한 소재들을 얹어본다. 대자연의 경관을 운두가 높은 화병에 데리고 와 나만의 방법으로 표현한다. 소나무 가지를 수반 위에 높게 세워 꽂는다. 가벼운 가지는 비스듬한 산등성이를 표현하고, 버들가지는 마을주민들을 굽어보듯 꽂으며, 촛불 맨드라미는 가까운 산봉우리를 나타내고, 줄기와 가지 사이는 군락을 이루며 마을처럼 형성하고, 고목이 된 가지로 절벽을 표현한다. 소재의 거침과 부드러움을 조합하며 먼 산에서 가까운 산으로 시선을 옮기며 원근감을 살핀다.

강물 흐르듯 수평을 바라보는 가지를 대칭으로 꽂는다. 무용수가 팔을 벌려 춤을 추는 형상이다. 가을꽃들과 소재가 한 곳에 어우러진다. 마주 보는 마을 풍경에서 이웃 같은 따뜻한 정감이 배어 나온다.

'가치는 내 손길에서 나온다.' 하지만 자연에서 온 꽃으로 표현하는 작품은 쉽게 풀 수 없는 수수께끼이다. 꽃을 만지며 가위질하는 손금마다 풀물이 들어있다. 손가락에 지문이 닳아지고 없지만, 꽃들은 내 손끝에서 웃는다. 투박한 단지에 소박하게 들국화를 꽂는 이의 마음에 생기를 돋운다. 상품이 되거나 예술이 되거나 꽃은 사람의 감정을 순화하는 힘이 크다.

꽃들이 화기花器 위에서 도란도란 속삭인다. 가을의 그윽한 풍취가 느껴진다. 꽃향기가 내 뒤를 따른다. 작업실 밖으로 나오니, 가로수에서 떨어진 부채 같은 은행잎이 가을바람에 소곤소곤 귀엣말 나눈다.

*花道 : 나뭇가지나 화초 따위에 인공을 가미하여 풍취를 더 하는 기술.

꿈을 키운 부산항

노을은 태양의 잔광이다. 가치 있는 노년은 태양이 하루를 마무리하는 노을과 같다는 생각이 든다. 태양이 뜨거울수록 노을도 붉다. 하고자 하는 자는 방법을 찾고, 하기 싫은 자는 핑계를 찾는다는 말처럼 준비된 자에게 기회가 오기 마련이다.

아흔 중반 어르신은 홀로 산다. 상대를 배려하고 하대하지 않는 어르신한테서 청아한 품격의 향내가 느껴진다. 노을이 비치는 벤치에 앉아 이런저런 이야기할 때, 그 이야기 속에는 우리 역사 한 부분이 고스란히 들어있다. 해방정국 그리고 남북분단…. 많은 지식인이 그랬듯 당시 남으로 내려온 사람들은 자유에 대한 갈망이 컸다.

그분의 삶도 그랬다. 북에서 아버지는 법무사를 하셨고, 재물이 넉넉하여 남부럽지 않게 살았으나 남하한 것이다.

"말할 수 있는 자유만으로도 만족할 수 있었다."라는 어르신의 말에서 진심이 느껴졌다. 오직 자유를 찾아 모든 가산을 버리고 친지와도 이별해야 했다.

평안북도 선천에서 홀어머니와 두 형제가 서울로 월남하여 적산가옥에서 살았다. 어머니가 재봉틀을 가지고 나왔지만 일을 찾지 못했다. 미군 부대에서 나온 물건을 받아 팔게 되었다. 그 물건들은 모두가 영문으로 표기되어 있었다. 낱낱이 사전에서 알파벳을 찾아 독학으로 영문을 익혔다. 그 당시 미군들은 서울에 주둔하고 있었기에 용기 있게 다가가 몸짓, 눈짓하며 언어를 배웠다. 힘든 과정에서도 화목하고 단란한 가정을 꾸려갔다. 자유를 만끽하며 포부와 야망을 안고 열심히 생활했다. 장사는 잘되었으나 오래도록 호사를 누릴 수 없었다. 한국전쟁이 터지고 서울이 함락되었다.

겨우 안착이 되어갈 무렵 하는 수 없이 부산으로 피난을 오게 되었다. 또다시 집 없는 설움을 겪어야만 했다. 부둣길 주변 판잣집으로 전전긍긍한 세월을 보내기도 했다. 피난살이 고달픔은 이루 말할 수 없었을 터, 구호물자를 받아 죽으로 연명하는 세월이었다.

피난 시절 바다에 떠 있는 배들을 바라보며 서울 생활과 고향 생각을 떠올리기도 했을 것이다. 혼란스러운 시기였지만 낭만도 있었는지 부산항 제1 부두 쪽으로 구경을 나섰다. 부두 옆에 있는 미군인사계에 사람들이 많이 모여 있길래 발돋움하고 그 안쪽을 보았다. 우연인지 필연인지, 미국인 '써니'라는 분이 면담하는 자리에서 유창한 영어로 질문에 답하자 그 자리에서 바로 취업이 되었다. 부기, 타자, 영어 등 그간 열심히 연마했던 노력이 큰 선물로 돌아온 것이었다.

그는 이십 대에 채용되어 6개월 만에 서기관으로 승급했다. 근면 성실함과 정직함이 바탕에 깔려있기에 가능한 일이었다. 어르신이 주로 하셨던 일은 채용을 담당하는 업무와 경리직이었다. 항구에는 많은 물자가 실려 왔고, 희망과 설렘도 안아 날랐다. 미국인을 만날 때마다 영어를 익혔던 공적으로 거제 포로수용소에 갈 때는 보트를 타고 다니며, 헬리콥터에 직원들 월급을 싣고 진해, 울산으로 운반하였다. 사십여 년간 성실히 근무하고 행정관으로 정년을 마쳤다고 했다.

먼바다에서 전쟁을 마치고 항구로 돌아온 듯, 편안히 정착하여 풍요로운 삶을 누릴 수 있는 노년이 되었다. 잘사는 자손들의 모습을 지켜보며 노을 진 얼굴에 웃음이 떠나지 않는다.

홀로 살지만 정갈한 살림에 또 한 번 놀란다. 구순 중반 나이에 증권을 사고파는 소일거리로 재미를 느끼며, 건강도 잘 돌보는 편이다. 뇌경색으로 쓰러져 일어서지도 못한 적도 있었지만, 강인한 정신력으로 건강을 되찾은 분이다.

봉투에 넣은 복권을 선물이라며 건넨다. 일주일이 행복할 거라고 일러주신다. 어느 때는 복권에 당첨되었다며 지폐 한 장을 주시기도 했다. 아파트 환경미화 아주머니, 아저씨들께도 만날 때마다 기분 좋아지는 사탕(프로폴리스)이며 여러 가지 선물을 사서 정을 나눈다.

통일되면 제일 먼저 고향인 평안북도 선천을 가보고 싶은 마음이 크게 자리 잡고 있다. 어르신에게 고향 땅으로 가는 것은 쉽게 풀 수 없는 숙제로 남겨져 있지만, 생전에 고향에 만세 삼창을 부를 수 있으면 좋을텐데.

한국전쟁 때 하야리아 미군 부대에서 평생을 일하셨다는 어르신의 일대기를 들었다. 자녀들에게도 시간 낭비하지 말라는 조언을 주셨던 분, 자신도 청년기를 튼튼하게 보냈다고 한다. 그분의 목소리는 정상에서 외치는 '야호' 소리가 메아리 되어 울려 퍼지듯 잔잔하게 들리는듯하다. 언제나 변함없는 얼굴에 너그러운 미소가 돈다.

'노을이 묻어나는 부산항 부두 내 꿈도 피어나던 곳', 〈부산항 부두〉 노랫말이 생각난다. 부산항 제1 부두는 어르신에게 꿈과 희망을 안겨준 곳이다. 부두를 떠나온 지

도 사십 년이 지났지만, 옛 동료분들과 교류하며 지내는
모습이 노을처럼 아름답다. 부산항 부두에서 꿈을 피웠
던 구순 중반 노인의 이야기가 끝났다. 진한 바다 냄새가
밴 미소가 노을처럼 번진다.

낯선 하루

K 씨는 금정산 봉우리 아래 있는 절에 오토바이를 타고 채소를 배달하러 갔다가 무심코 산길을 걸어서 집에까지 오고 말았단다. 제법 먼 거리를 아무 생각 없이 터벅거리며 왔을 터이다. 이런 일이 남 이야기만은 아니다.

어제 한 일을 잊어버리는 일이 종종 있다. 낙엽이 오솔길을 덮어 버린 것처럼 까맣게 잊어버린다. 눈에 보이는 길이 사라지고 막연한 이탈상태가 될 때가 있다. 하루는 자동차 열쇠를 잃어버렸는데 아무리 찾아도 보이지 않았다. 머릿속은 안개로 가득해졌고, 도무지 기억을 떠올릴수 없었다. 무심코 열어 본 냉장고에서 나를 비웃기라도하는 것처럼 반찬 그릇 옆에 태연하게 놓여 있었다. 낯선하루였다.

꽃집을 하는 나는 꽃바구니 배송 가려고 주차장에 가보

니 텅 비어 있었다. 어떻게 되었을까? 등산길에서 길을 잃게 된 낙오자처럼 암담했다. 남편한테 전화했더니 첫 마디가 "경찰에 신고하면 되지."다.

지구대에 전화했더니 어제 한 일을 더듬어 보라고 했다. 순간 번갯불이 번쩍하듯 떠올랐다. 앗! 어제 우체국에서 여기저기 김치를 보낸 생각이 났다. 우체국 직원이 뒤에서 "고객님"하고 부르는 소리에 돌아다보았다. 수수료를 지불 하고 두고 온 카드를 돌려받고 고맙다는 인사만 하고 차는 그곳에 두고 뒤돌아보지 않고 태연하게 집으로 왔던 기억이 떠올랐다.

운전석에 앉고 보니 헛웃음이 났다. 시동을 켜는 순간 뒤돌아보니 변하는 것은 나뿐, 모두가 그대로다. 가로수가 바람에 휘청거리는 것 같이 마음을 흔들어 놓았다. 치매라는 두 글자가 내 앞에서 서성거렸다.

하룻밤을 외면당한 승용차는 그대로인데 나만 변하고 있다고 생각하니 오소소 소름이 돋았다. 자신을 완전히 잃어버린 소외된 세상을 본래의 세상이라 믿고 착각 속에서 꿈처럼 헤매는 것은 아닐지.

치매 환우를 맡아서 돌본다. 환우가 힐끗힐끗 보는 모습이 심상치 않았지만, 뇌경색으로 누워 계셨던 친정어머니와 시어머니를 뵙는 기분이 들었다. 칠 년 동안 누운 자리를 돌본 경험으로 용기 있게 나섰다.

환우는 가끔 마음자리 이동이 심할 때가 있다. 금방 한 말을 곧잘 잊어버린다. 급발진 일어나듯 응집된 화가 치밀어 오르면 눈빛이 달라진다. 물건을 훔쳐 갔다고 고함을 지르기도 한다.

그럴 때면 나는 육체보다 정신을 더 단련하게 된다. 환자이니까 순응하고 자세를 낮춘다. 소파에 앉아계신 모습을 보며 바닥에 꿇어앉는다. 자비존인自卑尊人이라는 글귀처럼 자신을 낮추고 대상을 높인다. 그렇게 함으로 하루하루가 수월하다. 일과를 마치고 꾸벅하고 인사할 때면 "낼 안 올 끼가" 하신다. 나를 믿는구나.

목욕하고 나온 가느다란 머리카락은 하얗다. 오랜만에 목욕해서인지 편안해 보인다. 화를 내며 괴팍함도 수그러든다. 숨겨둔 기억을 찾은 듯 평온하다. 본래의 모습이 이러하리라. 옛 기억을 알알이 엮어낼 때면 눈빛은 초롱초롱하다. 칠십 년 전, 열 살 때 기억이 되살아날 때도 있다.

도서관에서 책 한 권을 읽은 듯 일제 강점기 생활 이야기를 들을 수 있다. 초등학교 담임 선생님 이름이나 중학교 시절 기억을 구구단 외우듯 하신다. 교무실에 선생님 심부름할 때 촉촉한 기억을 떠올릴 때는 기분이 좋다. 옛이야기는 영화 한 편처럼 한 사람 인생사로 내 머릿속에 스쳐 지난다.

우리 할아버지 상투 이야기할 때면 재미있어 하신다. 그럴 때는 옛 기억이 되살아나는 듯, 이야기를 술술 풀어낸다. 기억의 장벽이 가로막을 때는 상영 도중에 필름이 끊어진 듯할 때도 있다. 갑자기 묵혀둔 가슴앓이를 토해낸다. 가슴속에 뭉쳐 둔 울분도 움푹 꺼졌다가 솟구친다. 종일 면벽 수행하듯 한다. TV 화면 보는 것도, 들리는 소음도 싫어한다. 옛이야기에 귀를 기울여 맞장구쳐주면 정신적으로 편안해하는 것을 볼 수가 있다.

다년간 누워 지낸 어머니를 떠올리며, 보호자에게 외출을 허락받았다. "단풍 구경 가실래요." 의중을 여쭙는 내게 반가운 사람 만난 듯 얼굴에 화색이 돌았다. 이십 년 만에 가는 외출이란다. 산성길 숲속에 도착했을 때 단풍은 제각각 한 시절을 보낼 준비가 된듯했다. 싱싱했던 젊음을 관조하듯 창밖 풍경을 응시했다. 성긴 나뭇가지 사이로 나뭇잎이 울컥울컥 오색 눈물처럼 하르르 떨어졌다. '저 나무가 내 모습처럼 쓸쓸하구나.' 혼잣말을 중얼거렸다. 지난날을 아쉬워하는 환우의 얼굴에도 쓸쓸함이 묻어났다. 그렇게 산성마을을 돌아보고 차에서 내리지 않고 한 바퀴 돌아왔다.

차창 밖 풍경이 좋았는지 며칠 지난 후 또 외출 채비하고 계셨다. 어디라도 좋으니 바깥바람 쐬러 가자고 하셨다. 외출은 권태로움을 삭히고 마음 온도가 상승하는 듯했다. 몸져누워만 계셨던 어머니를 모시면서 봄꽃이 흐드러지게 핀 꽃구경, 가을 단풍 구경 못 시켜드린 것이 못내 아쉬워서 냉큼 차에 시동을 걸었다. 어린이 대공원에 갔다. 공원길 앞에서 바깥 풍경을 보시는 것만으로 만족하는 눈치였다. 좋은 추억에 묻은 기억을 회상할 때는 어린애같이 천진난만함이 엿보였다.

흘러가 버린 시간은 모양이 없이 사라진다. 다만 그 시간 속에 새겨진 추억만을 간직하고 싶을 뿐인데, 낯선 하루를 뒤로하고 새로운 기억을 쫓아가리.

마지막 사흘

참 알 수 없는 일이다. 여름 햇살이 온 동네를 비추는데도 두문불출이다. 그 녀석은 꼬리를 세우고, 참새 떼 지저귐에 짖어 댈 만도 한데 기척이 없다.

사방이 탁 트인 마당에서 집을 지키는 하늘이는 진돗개처럼 생겼다. 튼튼한 몸집에 누런 털을 가졌다. 풍성한 꼬리를 곧추세운 모습은 보기가 좋았다. 아이라인을 한 듯한 눈가와 검은 눈동자도 예뻤다. 5미터 남짓한 목줄에 묶여있었다. 나는 말 못 하는 짐승이 목줄에 메여있는 것을 볼 때마다 안쓰러운 마음이 들었다.

집을 봐주던 사람은 떠나고 대부분 혼자서 지낸다. 홀로 집을 지키는 외로움에 스트레스가 심한 모양이다. 두세 번 안면이 있는데도 나를 보면 사납게 짖어댄다. 지인의 별장을 돌보기 위해 지내는 보름 동안 맛있는 간식을 주곤 하였지만, 전혀 별다른 호응을 얻지 못한다. 간식만 받아만 먹고 마음의 문은 꼭꼭 걸어 잠가버린다.

동물도 마음이 있다고 들었는데, 어떤 마음을 품고 있는지 나는 늘 궁금했다. 꾸준한 호의를 보이면 달라지지 않을까 기대도 했다. 잘 지내보자고 중얼거리며 밥을 주었다. 그런데도 한동안 보지 못한 주인이 오면 반가워 어쩔 줄 몰라 하면서 나만 보면 집어삼킬 듯 짖어댔다. 하늘이는 두 번이나 나를 물어서 응급실에 가는 소동이 벌어졌다.

우리 집에서도 진돗개를 키운 적 있었다. 이름은 바다였다. 영리한 바다는 우리 집 식구들을 가족처럼 좋아하며 재롱을 피웠다. 무럭무럭 자란 바다는 무화과나무 아래서 날아가는 참새를 잡아서 주인에게 자랑하곤 했다. 생선 뼈도 발라 주는 남편의 사랑을 듬뿍 받았다. 대문 벨을 누르기도 전에 자동차 엔진 소리가 들리면 반갑게 짖어댔다. 식구들이 이층에서 내려다보면 남편과 바다는 서로 끌어안고 좋아했다. 아이들이 학교 갔다 돌아오면 나보다 먼저 달려가 반겼다.

아파트로 옮겨야 하는 사정이 생겨서 안타깝게도 헤어져야 했다. 훌쩍 자란 바다를 차에 태워 김해에 있는 지인 집 마당에 내려놓았다. 끝까지 함께하지 못하는 죄책감이 들었다. 가슴에 무거운 돌을 얹어놓은 것 같았다. 아이들이 섭섭하게 여길 걸 뻔히 알면서도 어쩔 수 없이 나만 알고 지인 집으로 강제로 이동시켰다. 그때 바다는 어떤 생각을 했을까. 나는 바다를 생각하며 하늘이에게 잘해주려고 애를 썼다.

　세 번째 만났을 때는 꼬리를 흔드는 모습이 이전과 조금 달랐다. 온순한 눈빛으로 평소와 달리 나를 빤히 쳐다보았다. 사나운 모습은 찾아볼 수 없었다. 두 번이나 피를 보게 한 것이 하늘이도 미안했을까. 집 주변을 오가도 짖지 않았다. 꼭 껴안고 쓰다듬어주고 싶은 마음이 불쑥 솟았지만, 선뜻 손이 나가지 않았다.

　사흘 동안 나를 물끄러미 바라보기만 했다. 저녁을 먹고 개집 안을 살펴봤을 때까지도 아무렇지 않은 듯 누워있었다. 힘 있고 활달한 기색은 찾아볼 수 없어졌다. 이상하게 여겨졌지만, 말 못 하는 짐승한테 물어볼 수 없는 일. 가까이 가기에 너무나 먼 거리로만 느껴졌던 하늘이가 아니었던가.

　나를 바라보던 그 눈빛이 떠오른다. 무심으로 도와달라는 표정을 나는 왜 읽지 못했을까. 얼른 가서 개집 안을 살핀다. 선뜻한 기운이 끼쳐오고 손끝이 떨린다. 나만 보면 집어삼킬 듯 짖어대던 하늘이는 활활 타다 꺼진 불씨처럼 싸늘하게 식어있다. 또다시 가슴에 묵직한 돌덩이 하나가 얹힌다. 나를 바라만 보던 사흘 동안 내게 도움을 청하고 있었던 것은 아니었는지. 하늘이가 겉보기와 다르게 속이 곪아 아프다는 신호를 보내며 앙탈을 부리며 물어서라도 애원했을까. 때늦은 안타까운 마음이 머리를 흔들어 깨운다.

초대받지 않고 태어났다가 허락받지 않고 가는 것이 생이라지만, 내가 이 집에 온 지 사흘 만에 말없이 이 세상을 등지다니 믿기지 않는다. 마치 내가 그의 마지막을 지키기 위해 불려 온 것 같다.

화장 막으로 실려 가는 모습을 보니 낙엽이 바람에 날아간 것처럼 쓸쓸하다. 그동안 나와 함께 지낸 인연 때문인지 눈가에는 뜨거운 물방울이 흘러내린다. 관찰을 끝낸 수의사가 여름철 세균이 번식할 수 있으니, 개집을 철저히 소독하라고 일러준다. 한세상 살다가 떠나간 자리에 남은 유물이라고는 쇠줄과 개집뿐…. 그 죽음 앞에 애도의 마음만 표했을 뿐 할 수 있는 것이 아무것도 없다. 사흘간 만이라도 평안했길 바란다. 저물어 가는 해가 개집 문틈으로 기웃거린다.

칠월 백중을 맞아 구룡사에 갔다. 고찰에는 흰 연등이 줄지어 있었다. 하늘이 이름으로 작은 등을 달고 기도를 올리고 부터 무겁던 마음이 조금은 가벼워졌다. 아침이슬처럼 사라져간 하늘이의 내생을 발원하며.

마주 보는 사람들

"톡탁, 툭, 펑"하며 셔틀콕 소리가 요란하다.

이른 새벽, 체육관에 모여든 사람들은 전후, 좌우로 회전하며 손을 뻗는다. 게임이 시작되면 웃을 일이 많다. 라켓 쥔 손으로 헛스윙할 때면 우리는 마주 보며 웃음보가 터진다. 코트마다 웃음소리가 떠다니고 활기가 넘친다.

네트를 두고 게임을 시작한다. 사인 일조 복식이다. "차렷, 경례"하고 게임이 진행된다. 셔틀콕과 눈을 맞추며 오직 한곳으로 집중한다. 준비 태세를 앞세워 셔틀콕을 기다린다. 그 기다림이 뜸 들이는 순간이다. 아무리 급해도 뜸 들이지 않은 밥은 입맛이 떨어지듯, 서두르면 실수하게 된다. 상대방의 잘 드러내지 않는 술책을 살핀다.

그 틈을 알아차리는 것이 승자가 될 수 있기 때문이다. 기다림 끝에 득점하면 속웃음을 간직한다. 초보들은 상대가 어떤 동작을 취할 것인가를 예측 못 하고 있다가 엉뚱하게 배드민턴 공을 놓치고 만다. 동작이 앞서거나 느리면 곧 후회하게 된다. 상대방 공격에 대처해야 하므로 순발력이 있어야 하고, 집중력이 있어야 하는데 나는 눈치가 없을 때가 종종 있다.

셔틀콕을 쳐주면 구름다리를 놓듯 허공 중에 길을 만든다. 치고받는 재미가 흥미진진하다. 사실 잘하면 잘할수록 더 재미가 있다. 배드민턴은 속도에 폭발적인 움직임이 필요하다. 구기 종목 중에 가장 빠른 배드민턴 공은 스매싱할 때 가공할 속도를 낸다. 물론 일반인들은 국가 선수처럼 스매싱을 빠르게 치기는 어려운 일이다.

우리나라의 자랑스런 안세영 선수는 세계랭킹 1위라는 최고의 기록을 남겼다. 상대의 움직임과 셔틀콕을 따라 본능적 감각으로 움직였다. 안세영 선수는 코로나로 1년 미뤄져 지난 10월 열린 2022 항저우 아세안게임에서 그렇게 한 편의 아름다운 시처럼 꽃을 피웠다. 특히 결승 경기 도중에 무릎 통증으로 쓰러지기도 했지만, 고통을 극복하고 승리를 일궈내었다. 얼마나 많은 땀을 흘렸을까. 덕분에 우리도 배드민턴 동반자라는 자부심을 느낄 수 있었다.

처음 배드민턴을 배울 때였다. 동작이 무딘 나는 건널목 신호등을 기다리며 스텝 연습하다가 신호를 놓치는 일이 허다했다. 눈을 감으면 비문처럼 허공으로 셔틀콕이 날아다녔다. 꿈속에서도 헛손질로 잠결에 남편 얼굴을 치는 웃지 못할 해프닝도 일어났다.

벌써 이십 년 차다. 셔틀콕에 푹 빠져있다. 눈만 뜨면 마음이 먼저 체육관에 가 있다. 건강이 허락하는 날까지 배드민턴라켓은 놓고 싶지 않다. 어쩌다 어렵게 쳤던 공이 성공할 때면 동호인들 서로 격려해준다. 내 실수에 상대방 윗니가 드러나고, 상대 맹점에 내 입이 귀에 걸린다.

하지만 시합에 나가면 긴장감이 흐른다. 시 대회, MBC 대회 등 선수로 출전하면 웃으며 칠 수 있는 게임은 아니다. 동호인끼리 치고받고 웃으며 재미로 치는 것일 뿐, 출전 선수가 되면 초긴장 상태가 된다. 내 실수를 줄이고 상대 실수를 즐기며 네트에 안에 들어가게 하는 것이 최선이다.

모처럼 구 대회 친선게임에서 3승 한 적 있다. 파트너 덕분이다. 경기에서는 내 실수를 줄이는 게 우선이다. 상대방 실수가 우리 팀 점수가 된다. 실수하지 않는 것이 최고의 공격이라고 믿는다. 상대방의 움직임을 파악하는 능력이 필요하다.

사십 대 후반부터 무릎 근육에서 삐꺼덕거리는 소리가 났지만, 어찌 된 일인지 세월이 한참 지났는데도 그 소리가 들리지 않았다. 운동 덕분에 무릎 건강이 덤으로 따라왔을 것이다.

오늘도 새벽달을 보며 체육관에 나와, 공중에 떠 있는 달의 움직임을 보듯 셔틀콕을 놓치지 않고 따라간다. 아슬아슬한 게임이 진행될 때면 온몸에서 땀이 흐른다. 동호인들과의 게임도 승부는 승부다. 집중 안 할 수 없기에 속마음으로는 상대방 실수를 즐긴다. 또한 내 실수로 상대방과 함께 웃을 수 있어 참 좋다. 매일 새벽이 기다려지는 이유다. 우리는 배드민턴 공을 치고받으며 마주 보고 웃는 사람들이다.

'나지막한 의자'와 같은 수필

정영자
(문학평론가, 한국문인협회 고문)

'나지막한 의자'와 같은 수필

– 절제된 삶에 대한 깊은 통찰

정 영 자
(문학평론가, 한국문인협회 고문)

1.

웃멍, 놀멍, 쉬멍 하라는 제주 낙수로 마을 초입에 '의자 마을'이 있다. 한겨울 차가운 연못에 다리를 담그고 선 커다린 의자는 의연하다. 옛날 초등학교 교실에 놓여 있던 나지막한 걸상이다. 세월을 훅 건너서 덩치만 커진 옛 친구를 만난 기분이다. 사방에 빈 벤치들이 나를 반긴다. 관광객들이 쉬어가기를 바라는 마음이 하나둘 모인 결과다. (중략)

요즘은 활자와 눈을 맞춘다. 경험 속에 들어있는 감성의 덩어리를 풀어내려고 안간힘을 쏟는다. 그런 나를 의자의 네 다리가 받쳐주고 있다. 바깥이 보이는 창가에 놓인 긴 의자에 읽던 책을 놓아두곤 한다. 배움에 대한 열망을 버리지 못하고 책상 앞에서 문체에 몰입한다. 의자에 앉아있던 방석이 미련한 나를 위로한다. 나를 붙잡아 앉혔던 의자는 고마운 일들이 많다. 노트북이 내 꿈을 한걸음 앞당겨 준다. 노트북을 들고 앉는 곳이 이제는 내 의자가 된다. 식탁도, 카페에서도, 때로는 나무 마루도 기꺼이 그 역할을 맡는다. 나를 붙잡아 앉혔던 의자들이 고맙다.

　마을 안쪽으로 들어설수록 다양한 모양을 한 의자들이 놓여 있다. 그러나 의자가 없으면 어떠리. 잔디에 앉으면 잔디가, 흙에 기대면 흙이 반겨 준다. 자연은 누구라도 먼저 자리 깔고 앉으면 주인이 되고, 의자는 길잡이가 된다.

　삶이라는 긴 여정에 무거운 마음을 기꺼이 받아주는 곳은 모두 의자가 아니겠는가. 날마다 만나는 고마운 사람들도, 멀리서 서로의 안부를 염려하는 이들도 사랑하는 의자다. 삭막한 도시의 그늘진 골목 한 귀퉁이에서 나도 누군가를 위한 나지막한 의자가 되고 싶다.

– 「의자, 길을 묻다」에서

　위의 글은 박호선 수필가의 제주도 살이 한 달에 쓴 수필이다. 70여 년의 긴 여정에 쉴 수 있는 공간으로 받쳐주는 의자의 역할에 대한 진지한 고찰이다. 도시의 공간에서 얼마든지 만날 수 있는 의자는 제주도의 광활한 들판과 산, 바다에서 "무거운 마음을 기꺼이 받아주는 곳, 날마다 만나는 고마운 사람들도, 멀리서 서로의 안부를 염려하는 이들도 사랑하는 의자"라는 성찰에 이른다. 웃멍, 놀멍, 쉬멍 속에 깨달은 삶의 의자를 "나도 누군가를 위한 나지막한 의자가 되고 싶다."라는 고백을 기꺼이 하고야 만다.

제주도, 통영 사량도, 울릉도 등의 세 섬을 한 달씩 살면서 바다, 어촌, 어부, 쉼, 지난날의 성찰, 부부의 삶 등을 성찰해간 바다 지향의 수필집이다.

2

수필가 박호선은 함안 출신으로, 《문학예술》(2012년)에 추천되어 수필가로 등단하였다. 이후, 국민일보 주최 4대강 수기 공모전에서 대상, 경북일보 문학대전 수필 부문 금상, 대한민국 독도 문예대전 수필 부문 특선, 등대 문학상 우수상, 포항 소재문학상을 수상하였다. 첫 수필집 『나에게로 온 꽃』 (2020년)을 발간하여 평단의 주목을 받았고, 이번에 두 번째 수필집 『의자, 길을 묻다』를 발간하였다. 이 수필집은 가족과 일, 공손한 근면과 성실함을 진지한 태도로 성찰한 내용을 담은 수필집이다.

3

사소하지만 일상을 유지하는 대상, 사건, 관계 등에서 삶의 의미를 발견하는 태도는 수필의 중요한 본질이다. 직업은 우리의 삶을 유지하는 가장 세속적인 부분이면서 동시에 삶의 의미를 배우는 아주 중요한 활동이다. 박호선의 수필 『의자, 길을 묻다』에서 직업에 관한 이야기가 많은 것은 이

때문이다.

　　가위질은 스스로 겸손하지 못하고 비우지 못하는 존재
들에게 가해지는 것이 아닐까. (중략) 세상이 자신을 중심으
로 돌고 있다는 착각에 빠진다. 우쭐우쭐 웃자라며 남의
영역을 침범할 때 어김없이 가위질이 시작된다.

　(중략)

　　사정없이 언덕 아래로 굴러떨어졌을 때, 바닥에서 일어
설 수 있게 힘이 되어 준 것은 꽃이었다. 취미로 배운 꽃꽂
이가 본업이 되었다. 간판을 대신하여 꽃이 손님을 불러들
였다. 세정그룹에서 손을 잡아주었다. 잊지 못할 인연으로
최선을 다할 것을 다짐하며 인연의 연결고리로 날마다 꽃
을 자르면서 여러 해를 지냈다. 차츰 손에 힘이 생겼다. 갈
수록 손놀림이 능숙해졌다. 가위를 쥔 손이 춤추듯 예약
받은 화환을 만들곤 했다. 한 손으로는 자르고 나머지 한
손으로는 기계적으로 꽃을 꽂았다. 그러면서 알았다. 잘라
내는 것이야말로 성장의 시작이라는 것을.

- 「꽃가위」에서

　　작가는 취미로 배운 꽃꽂이가 본업이 되어 온 세월을 반추
하며 성공에 대한 자만을 반성하고 있다. 꽃의 잔가지를 잘
라내는 것이 성장의 시작이라는 것을 작가는 우리에게 알려
준다.

그는 늘 쇳덩이를 소중하게 다루었다. 금속 표면을 재단하고 깎아냈다. 쇠 갈리는 소리가 공장에 쩌렁쩌렁 울렸다. 직장에서 마지막 소임을 다하고 돌아오는 날, 용접 불꽃이 쏟아 내리는 그림자 같은 주름살이 밝아 보였다. (후략)

(중략)

그이 어깨는 가을날 수숫대처럼 단단히 여물어갔다. 그러던 어느 날 마침내 찬바람을 막아주는 내 집 열쇠를 손에 쥐게 되었다. 누구에게나 싫든 좋든 간에 가야 할 길이 있게 마련이다. 다행히 남편은 쇠를 다듬는 전문직에 애정을 가졌다. 어려울 때마다 스스로 극복하는 자부심이 컸다. 자기 직업을 누구보다도 사랑했다. 기술이 좋은 약이 된다고 믿고 있었다.

– 「쇠를 생각하다」에서

그의 기술에는 평생 녹슬지 않은 장인정신이 묻어있다. 주름살을 얻는데도 수많은 세월을 거쳐 왔다. 꿈은 평생 유효한가. 꿈이 현실이 되기도, 현실이 꿈이 되기도 하나보다. 젊은 날 중소기업주였다가, 육십에 다시 직장생활을 시작하여 삼 년 전에 다니던 회사에 퇴직했다. 같은 직종으로 반세기도 넘는 세월을 건너왔다. 기름때 묻은 작업복을 다시 입는다는 건 제대 후에 군복을 입는 기분일 텐데, 노인은 청년처럼 책임감을 등에 지고 일하는 꿈을 꾸는 걸까.

 그가 새 작업복을 사 온다. '갈매기 남편'으로 인생 3막
을 꿈꾼다. 전 직장에서 퇴사할 때 받은 황금열쇠는 아직
도 빛을 발하고 있다. 반짝이는 열쇠로 또 다른 노년을 열
어가려 한다. 그가 다시 일터로 향한다는 것에 만감이 교
차 되는듯하다.

 장마가 끝나고 지쳤던 잎들에 생기가 돈다. 남편은 직장
에 출근하는 아침이 새로운 모양이다. 파릇파릇한 젊은이
같다. 칸나꽃같이 붉은 혈기로 현장에 뛰어든다. 남편은
젊음을 되찾은 듯 청년처럼 기뻐한다.

－「갈매기 남편」에서

 재료를 다듬는 인내, 일에 대한 책임감과 자부심은 성실하
게 일하는 직업인의 장인정신을 잘 보여준다. 그리고 이런
직업적 소명 의식이 한 가정을 나아가 사회를 지탱하는 힘
이 된다. 그래서 작가는 남편의 성실한 삶과 용기에 대하여
감사와 격려를 아끼지 않는다. 기술자로 평생을 쇠와 함께
한 부군의 생활을 그대로 묘사하면서 남편을 위로하고 격려
하는 지혜로운 아내의 세밀한 배려가 작품에 잘 드러난다.
 직업에 포함되지 않지만, 우리의 일상을 지탱하는 수많은
일이 있다. 가사노동으로 분류되는 일들이 여기에 속한다.
돈으로 환산할 수 없기에 많이 무시되고, 될 수 있으면 회피
하고 싶은 일로 취급되는 것이 요즘의 현실이지만, 우리 어

머니들은 이런 일 할 때에도 직업에서 요구되는 장인정신 이상의 태도로 임했다.

　시작은 흙에서부터다. 콩 씨앗을 밭에 심을 때부터 자식들을 생각했을 터였다. 손톱에 봉숭아 꽃물 대신 까만 풀물 든 손으로 한여름 내내 밭고랑을 맸다. 어머니 그림자가 콩밭에 스몄다. 그 정기를 먹고 콩대가 자라서 열매가 맺었다.

　잘 여문 콩을 타작하는 소리는 멀리서도 들렸다. 도리깨로 휘두르면 콩은 튀어 떼굴떼굴 구르고 콩깍지는 입을 벌렸다. 멍석에 말리는 알곡들이 보기 좋은 듯 어머니의 얼굴이 환해졌다.

　골목에서 공기놀이하다가 돌아와 보니 콩 삶는 냄새가 진동했다. 구수한 엄마 냄새였다. 가마솥 뚜껑으로 눈물샘이 터졌다. 그렇게 한참을 울며 익은 콩을 디딜방아에 찧고, 꾹꾹 눌러 메주를 만들었다. 처마에는 무청 시래기와 메줏덩이가 자매처럼 매달려 대롱거렸다. 햇볕과 바람에 여문 메주는 쩍쩍 갈라졌다. 금이 간 메주는 어머니의 주름진 손등 같았다. 군불 지핀 따뜻한 방을 차지한 메주에 흰곰팡이가 피면 어머니는 한시름을 놓았다.

　(중략)

　고향 집 장독간에는 운두가 높거나 낮은 단지들이 옹기종기 형제들처럼 모여 있었다. 배가 나온 항아리에 친정어

머니 손등 주름살이 얼비쳤다. 그 속에서 보물처럼 간장,
된장, 고추장, 김치, 소금 등이 숨죽여가며 숙성되었다. 숙
성이란 기다림이다.

— 「봄날이 여문다」에서

4

박호선의 이번 수필집에 많은 글이 '여행'을 제재로 담고
있다. 일상에서 벗어남을 통해 일상을 다시 보는 지혜를 여
행은 우리에게 준다. 여행을 통해 얻은 반짝이는 삶의 통찰
이 『의자, 길을 묻다』에는 많다.

우리와 사돈 사이에 딸과 사위와 손주가 있어 든든하다.
밤하늘을 올려다보니 별이 총총하다. 밤바다에 떠 있는 검
은 섬들도 내려다보인다. 이렇듯 아름다운 풍경은 서로 기
쁨을 나누는 빛이 되고 있다.

— 「기쁨은 나눌수록 커진다」에서

「기쁨은 나눌수록 커진다」는 사돈과 함께 통영 사량도 일
주도로와 옥녀봉 관광을 한 이야기다. 이 수필은 밤하늘의
별들, 밤바다의 섬들이 아름다운 풍경을 통해 서정적이고도
품격 있는 철학적인 유려한 문체가 돋보이는 작품이다.

우리는 매일 직장에 출근하듯 제주 땅을 밟는다. 바람

많고 돌 많은 제주도는 가는 곳마다 어깨를 나란히 걸터앉은 돌담을 보게 된다. 제주 돌담은 바람이 잘 드나들 수 있도록 구멍이 숭숭 나 숨을 쉰다. 밭담은 바람과 짐승들 출입을 막아준다. 검푸른 바다와 검은 돌의 시간이 보인다. 제주 돌담은 섬사람들 삶에 중요한 요소라 할 수 있겠다. 바람막이와 경계를 겸한다. 제주 풍경이 친근하게 느껴진다.

까칠하고 울퉁불퉁한 돌이지만 품이 너르다. 온갖 풍파를 겪으면서도 기꺼이 식물이 뿌리를 내리고 파충류들이 집을 지을 수 있게 온몸을 내어준다. 휘어진 돌담 따라 담쟁이가 꾸물꾸물 기어오르는 것을 볼 수 있다.

— 「청운마을, 2」에서

따개비는 암초, 말뚝, 배 밑에 흡근처럼 붙어서 산다. 다닥다닥 이웃이 많다. 밑바닥에 살면서 굴하지 않는 독립적인 존재다. 풍랑주의보가 내려도 미동이 없다. 숨을 쉬는지 안 쉬는지 움직이는 기미도 보이지 않는다. 오랜 침묵 속에서 숨 쉬는 화석 같다.

— 「따개비 칼국수」에서

온종일 어선을 탄 날 밤에는 자리를 펴고 누워도 바다 위에 떠 있는 것 같았다. 문득 떠 있는 존재들이 가슴으로 다가왔다. 밤새 흔들리며 뒤척였다. 그러다가 알섬을 만났다. 한때 사람들이 살았지만, 지금은 빈 섬이다. 쓸쓸하면서도 아름다웠다. 누군가를 품었던 자리에 바람이 불었다.

바람처럼 떠났다가 돌아오곤 하는 나를 남편은 응원해주었다. 때로는 동행자가 되기도 했다. 가족은 언제나 나를 기다려 주는 의자다. 그 믿음직한 의자들이 있기에 수시로 떠날 수 있었나 보다.

한때는 새파랗게 날이 선 것들도 한세월 세파에 흔들리고 나면 낮아지고 둥글어진다. 모두 의자를 닮아가는 모양새다. 나도 인생의 담벼락 밑에 무심히 놓여있는 허름한 의자가 되어가고 있다. 그 의자에 산허리를 휘돌고, 섬 사이를 누빈 바람이 그새 그리움 한 자락 슬쩍 내려놓고 사라지고 있다.

-「글머리에」에서

목관에 눕자, 아무것도 가진 것이 없다는 생각 사이로 후회의 목록이 줄을 선다. 매사에 좀 더 잘할 걸, 효도할 걸, 조금 더 베풀 걸, 더 감사할 걸, 정신없이 뛰어다녔던 일에 덜 얽매일 걸 하는 후회가 가슴을 짓누른다. 지난 일들이 말라 부서져 가는 나뭇가지 같다.

(중략)

관 뚜껑을 밀치고 다시 세상으로 나온다. 눈이 부시다. 돌담 옆으로 봄을 밀고 나온 찔레꽃이 반갑다. 꽃송이가 바람에 흔들린다. 흰나비가 꽃무리 위에 가만가만하다. 대원사 풍경소리가 나지막하게 울려퍼진다. 고요한 풍경 속에 알록달록한 옷을 입은 관광객들이 절 마당을 오간다. 아직은 소풍을 즐길 시간이다. 어쩌면 죽음이 예정되어 있기에 우리는 더 찬란한 오늘을 걷는지도 모른다.

– 「소풍 가다」에서

작가는 여행하면서 만나는 수많은 사건과 대상에서 올바른, 건강한, 겸손한 삶의 태도와 방법을 배운다. 파충류와 담쟁이 등에 삶의 자리를 함께 내어주는 개방성(「청운마을. 2」), 끊임없이 삶을 흔드는 위기와 혼란 속에서도 자기중심을 잡는 것의 중요함(「따개비 칼국수」, 「글머리에」), 죽음을 안아야만 진정한 삶의 순간을 누릴 수 있다는 인간 유한성에 대한 긍정(「소풍 가다」) 등을 작가는 여행을 통해 배운다. 그리고 이 여행은 이런 삶의 지혜를 다시 언어로 바꾸고 문학으로 만드는 힘 역시 작가에게 준다.

종일 바다에 있다고 순조롭게 고기만 잡히는 것은 아니었다. 온갖 찌꺼기, 녹슨 깡통, 플라스틱, 수초 등이 무더기로 걸려 나왔다. 여러 차례 허방을 디딘 것처럼 축 늘어진 그물만 끌어당길 때도 있었다. 바다가 점점 오염되고 있다. 바다도 어부도 자심히 몸살을 앓을 것이다.

내가 추구하는 문장 속에도 잡다한 쓰레기가 쌓였을 테지만, 좀처럼 명쾌한 답을 찾지 못한다. 대어를 기대하는

건 아니지만 푼푼한 단어들을 낚고 싶다. 오늘도 글쓰기라
는 바다에 뛰어든다. 과연 어떤 단어들이 걸려들까. 내가
던진 그물에는 잔챙이 같은 언어들만 채워져 있다. 수많은
날을 흘려보내고 중년에 글 몸살로 온몸이 들쑤신다. 그물
같은 원고지를 채우며 수필을 쓴다.

– 「바다, 그 막막한 이름」에서

나는 어부같이 바다에서 문어를 잡듯 글을 건져내고 싶
었다. 늘 책을 들고 다녔지만 내실 없이 겉멋만 들어있는
것을 깨달았다. 文語가 가슴에서 출렁거렸다. 미지의 망망
대해를 향해 노트북 앞에 앉아 손가락으로 자판을 두들겼
다. (후략)

(중략)

손가락 끝이 아릴 때쯤이면 가끔이나마 진득한 빨판 같
은 게 딸려 올라오기도 했다. 文語를 찾은 기쁨은 큰 文魚
를 낚아 올린 어부의 마음이지 않을까.

– 「文魚와 文語」에서

5

간결한 문장, 유려한 문체, 절제와 응축된 표현은 이 책에
실린 박호선의 작품을 관통하는 특징이다. 이보다 더욱 중
요하고 가치 있는 것은 작가의 수필을 읽고 있으면 깊은 위
안과 휴식을 얻는다는 점이다.

박호선의 수필집 『의자, 길을 묻다』는 작가의 말처럼 '나지막한 의자'가 되어, 이 책을 읽는 많은 사람에게 삶을 살아가는 용기와 희망을 줄 것이라 확신한다.